紅樓夢第一百十六回

得通靈幻境悟仙緣　送慈柩故鄉全孝道

話說寶玉一聽麝月的話身往後仰復又死去急得王夫人等哭叫不止麝月自知失言致禍此時王夫人等也不及說他那麝月一面哭着一面打算主意心想若是寶玉一死我便自盡跟了他去不言麝月心裡的事且說王夫人等見叫不醒來赶着叫人出来找和尚救治豈知賈政進内出去時那和尚已不見了賈政正在咤異聽見裡頭又鬧急忙進来見寶玉又是先前的様子牙關緊閉脉息全無用手在心窩中一摸尚是温熱賈政只得急忙請醫灌藥救治那知那寶玉的魂魄早已出了

竅了你道死了不成却原来恍恍惚惚赶到前廳見那送玉的和尚坐着便施了禮那和尚忙站起身來拉着寶玉就走寶玉跟了和尚覺得身輕如葉飄飄颻颻也沒出大門不知從那裡走出來了行了一程到了個荒野地方遠遠的望見一座牌樓好像曾到過的正要問那和尚只見恍恍惚惚又來了一個女人寶玉心裡想道這樣曠野地方那得有如此的麗人必是神仙下界了寶玉想着走近前來細細一看竟有些認得的只是一時想不起來見那女人和和尚打了一個照面就不見了寶玉一想竟是尤三姐的様子越發納悶怎麽他也在這裡又要問時那和尚早拉着寶玉過了牌樓只見牌上寫著真如福地

四個大字兩邊一幅對聯乃是

　　假去真來眞勝假　無原有是有非無

轉過牌坊便是一座宮門門上也橫書着四個大字道福善禍淫又有一副對聯大書云

　　過去未來莫謂智賢能打破
　　前因後果須知親近不相逢

寶玉看了心下想道原來如此我倒要問問因果來去的事了這麽一想只見鴛鴦站在那裡招手兒叫他寶玉想道我走了半日原不曾出園子怎麽改了樣兒了呢赶着要合鴛鴦說話豈知一轉眼便不見了心裡不免疑惑起來走到鴛鴦站的地方兒乃是一溜配殿各處都有匾額寶玉無心去看只向鴛鴦立的所在奔去見那一間配殿的門半掩半開寶玉也不敢造次進去心裡正要問那和尚一聲回過頭來和尚早巳不見了寶玉恍惚見那殿宇巍峩絕非大觀園景象便立住脚抬頭看那匾額上寫道引覺情痴兩邊寫的對聯道

　　喜笑悲哀都是假　貪求思慕總因痴

寶玉看了便點頭嘆息想要進去找鴛鴦問他是什麼所在細細想來甚是熟識便仗着膽子推門進去滿屋一瞧並不見鴛鴦裡頭只是黑漆漆的心下害怕正要退出見有十數個大橱橱門半掩寶玉忽然想起我少時做夢曾到過這樣個地方如

今能彀親身到此也是大幸恍惚間把我鴛鴦的念頭忘了便仗着膽子把上首大櫥開了櫥門一瞧見有好幾本冊子心裡更覺喜歡想道大凡人做夢說是假的豈知有這夢便有這事我常說還要做這個夢再不能的不料今兒被我找着了但不知那冊子是那個見過的不是伸手在上頭取了一本冊上寫着金陵十二釵正冊寶玉拿着一想道我恍惚記得是那個只恨記得不清楚便打開頭一頁看去見上頭有畫但是畫跡糢糊再瞧不出來後面有幾行字跡也不清楚尚可摹擬便細細的看去見有什麼玉帶上頭有個好像林字心裡想道莫不是說林妹妹罷便認真看去底下又有金簪雪裡四字詫異道怎

麽又像他的名字呢復將前後四句合起來一念道也沒有什麽道理只是暗藏着他兩個名字並不為奇獨有那憐字嘆字不好這是怎麽解想到那裡又啐道我是偷着看若只管呆想起來倘有人來又看不成了遂往後看也無暇細玩那畫圖只從頭看去看到尾上有幾句詞什麽虎兕相逢大夢歸一句便恍然大悟道是了果然機關不爽這必是元春姐姐了若都是這樣明白我要抄了去細玩起來那些姊妹們的壽夭窮通沒有不知的了我回去自不肯洩漏只做一個未卜先知的人也省了多少閒想又向各處一瞧並沒有筆硯又恐人來只得忙着看去只見圖上影影有一個放風箏的人兒也無心去看急

急的將那十二首詩詞都看遍了也有一看便知的也有一想便得的也有不大明白的心下牢牢記著一面嘆息一面又取那金陵又副冊一看看到堪羨優伶有福誰知公子無緣先前不懂見上面尙有花席的影子便大驚痛哭起來待要往後再看聽見有人說道你又發呆了妹林妹妹請你呢好似鴛鴦的聲氣回頭却不見人心中正自驚疑忽鴛鴦在門外招手寶玉一見喜得赶出來但見鴛鴦在前影影綽綽的走只是趕不上寶玉叫道好姐姐等等我那鴛鴦並不理只顧前走寶玉無奈儘力赶去忽見別有一洞天樓閣高聳殿角玲瓏且有好些宮女隱約其間寶玉貪看景致竟將鴛鴦忘了寶玉順步走入一座

宮門內有奇花異卉都也認不明白惟有白石花闌圍着一顆青草葉頭上畧有紅色但不知是何名草這樣矜貴只見微風動處那青草已擺搖不休雖說是一枝小草又無花朶其嫵媚之態不禁心動神怡魂消魄喪寶玉只管呆呆的看着只聽見旁邊有一人說道你是那裡來的蠢物在此窺探仙草寶玉聽了吃了一驚回頭看時却是一位仙女便施禮道我找鴛鴦姐姐誤入仙境恕我冒昧之罪請問神仙姐姐這裡是何地方怎麼我鴛鴦姐姐到此還說是林妹妹叫我望乞明示那人道誰知你的姐姐妹妹我是看管仙草的不許凡人在此逗留寶玉欲待要出來又捨不得只得央告道神仙姐姐既是那管理仙

草的必然是花神姐姐了但不知這草有何好處那仙女道你要知道這草說起来話長着呢那草本在靈河岸上名曰絳珠草因那時萎敗幸得一個神瑛侍者日以甘露灌溉得以長生後來降凡歷刧還報了灌溉之恩今返歸眞境所以警幻仙子命我看管不令蜂纏蝶戀寶玉聽了不解一心疑定必是遇見了花神了今日斷不可當面錯過便問管這草的是神仙姐姐了還有無數名花必有專管的我也不敢煩問只有看管芙蓉花的是那位神仙那仙女道我却不知除是我主人方曉寶玉便問道姐姐的主人是誰那仙女道我主人是瀟湘妃子寶玉聽道是了你不知道這位妃子就是我的表妹林黛玉那仙女道胡說此地乃上界神女之所雖號爲瀟湘妃子並不是娥皇女英之輩何得與凡人有親你少来混說瞧着叫力士打你出去寶玉聽了發怔只覺自形穢濁正要退出又聽見有人赶來說道裡面叫請神瑛侍者那人道我奉命等了好些時總不見有神瑛侍者過來你叫我那裡請去那一個笑道纔退去的不是麽那侍女慌忙趕出來說請神瑛侍者回來寶玉只道是問別人又怕被人追赶只得踉蹌而逃正走時只見一人手提寶劍迎面攔住說那裡走唬得寶玉驚惶無措仗着膽抬頭一看却不是別人就是尤三姐寶玉見了畧定些神央告道姐姐怎麽你也來逼起我來了那人道你們弟兄沒有一個好人敗人

名節破人婚姻今兒你到這裡是不饒你的了寶玉聽去話頭不好正自着急只聽後面有人叫道姐姐快快攔住不要放他走了尤三姐道我奉妃子之命等候已久今兒見了必定要一劍斬斷你的塵緣寶玉聽了益發着忙又不懂這些話到底是什麼意思只得回頭要跑豈知身後說話的並非別人却是晴雯寶玉一見悲喜交集便說我一個人走迷了道兒遇見仇人我要逃回却不見你們一人跟着我如今好了晴雯姐姐快快的帶我回家去罷晴雯道侍者不必多疑我非晴雯我是奉妃子之命特來請你一會並不難爲你寶玉滿腹狐疑只得問道姐姐說是妃子叫我那妃子究是何人晴雯道此時不必問到

了那裡自然知道寶玉沒法只得跟着走細看那人背後舉動恰是晴雯那面目聲音是不錯的了怎麼他說不是我此時心裡糢糊且別管他到了那邊見了妃子就有不是那時再求他到底女人的心腸是慈悲的必定恕我肙尖正想着不多時到了一個所在只見殿宇精致彩色輝煌庭中一叢翠竹戶外數本蒼松廊簷下立着幾個侍女都是宮粧打扮見了寶玉進來便悄悄的說道這就是神瑛侍者麼引着寶玉的說道就是你快進去通報罷有一侍女笑着招手寶玉便跟着進去過了幾層房舍見一正房珠簾高掛那侍女說站着候旨寶玉聽了也不敢則聲只得在外等着那侍女進去不多時出來說請侍者

彩見又有一人捲起珠簾只見一女子頭戴花冠身穿綉服端坐在內寶玉略一擡頭見是黛玉的形容便不禁的說道妹妹在這裡叫我好想那簾外的侍女悄咤道這侍者無禮快快出去說猶未了又見一個侍兒將珠簾放下寶玉此時欲待進去又不敢要走又不捨待要問明見那些侍女並不認得又被驅逐無奈出來心想要問晴雯回頭四顧並不見有晴雯心下狐疑只得怏怏出來又無人引着正欲找原路而去却又找不出舊路了正在為難見鳳姐站在一所房簷下招手見寶玉看見喜歡道可好了原來出到自已家裡了怎麼一時迷亂如此急奔前來說姐姐在這裡麼我被這些人捉弄到這個分見林妹

妹又不肯見我不知是何原故說着走到鳳姐站的地方細看起來並不是鳳姐原來却是賈蓉的前妻秦氏寶玉只得立住脚要問鳳姐姐在那裡那秦氏也不答言竟自往屋裡去了寶玉恍恍惚惚的又不敢跟進去只得呆呆的站着嘆道我今兒得了什麼不是衆人都不理我痛哭起來見有幾個黃巾力士執鞭赶來說是何處男人敢闖入我們這天仙福地來快走出去寶玉聽得不敢言語正要尋路出來遠遠望見一羣女子說笑前來寶玉看時又像是迎春等一干人走來心裡喜歡叫道我迷住在這裡你們快來救我正嚷着後面力士赶來寶玉急得往前亂跑忽見那一羣女子都變作鬼怪形像也來追撲寶

玉正在情急只見那送玉來的和尚手裡拿着一面鏡子一照
說道我奉元妃娘娘旨意特来救你登時鬼怪全無仍是一片
荒郊寶玉拉着和尚說道我記得是你領我到這裡你一時又
不見了看見了好些親人只是都不理我忽又變作鬼怪到底
是夢是真望老師明白指示那和尚道你到這裡曾偷看什麽
東西没有寶玉一想道他既能帶我到天仙福地自然也是神
仙了如何瞞得他况且正要問個明白便道我倒見了好些冊
子來着那和尚道可又來你見了冊子還不解麽世上的情緣
都是那些魔障只要把歷過的事情細細記着將來我與你說
明說着把寶玉狠命的一推說回去罷寶玉站不住脚一跤跌

倒口裡嚷道阿喲衆人正在哭泣聽見寶玉甦來連忙叫喚寶
玉睁眼看時仍躺在炕上見王夫人寶釵等哭的眼泡紅腫定
神一想心裡說道是了我是死去過來的遂把神魂所歷的事
呆呆的細想幸喜還記得便哈哈的笑道是了是了王夫人只
道舊病復發便好延醫調治卽命丫頭婆子快去告訴賈政說
是寶玉回過來了頭裡原是心迷住了如今說出話来不用脩
辦後事了賈政聽了卽忙進来看視果見寶玉甦來便道没福
的痴兒你要唬死誰麽說着眼淚也不知不覺流下來了又嘆
了幾口氣仍出去叫人請醫生胗脉服藥這裡麝月正思自盡
見寶玉一過来也放了心只見王夫人叫人端了桂圓湯叫他

喝了幾口漸漸的定了神王夫人等放心也沒有說麝月只叫人仍把那玉交給寶釵給他帶上想起那和尚來這玉不知那裡找來的也是古怪怎麼一時要銀一時又不見了莫非是神仙不成寶釵道說起那和尚來的蹤跡去的影響那玉並不是找來的頭裡丟的時候必是那和尚取去的王夫人道玉在家裡怎麼能取的了去寶釵道既可送來就可取去襲人麝月道那年丟了玉林大爺測了個字後來二奶奶過了門我還告訴過二奶奶說測的那字是什麼賞字二奶奶還記得麼寶釵想道是了你們說測的是當鋪裡找去如今纔明白了竟是個和尚的尚字在上頭可不是和尚取了去的麼王夫人道那和尚

本來古怪那年寶玉病的時候那和尚來說是我們家有寶貝可解說的就是這塊玉了他既知道自然這塊玉到底有些來歷况且你女婿養下來就嘴裡含着的古往今來你們聽見過這麼第二個麼只是不知終久這塊玉到底怎麼着就連偺們這一個也還不知是怎麼着病也是這塊玉好也是這塊玉生也是這塊玉說到這裡忽然住了不免又流下淚來寶玉聽了心裡却也明白更想死去的事愈加有因只不言語心裡細細的記憶那時惜春便說道那年失玉還請妙玉請過仙說是青埂峯下倚古松還有什麼入我門來一笑逢的話想起來入我門三字大有講究佛教法門最大只怕二哥哥不能入得去

寶玉聽了又冷笑幾聲寶釵聽着不覺的把眉頭兒肐揪着發起怔来尤氏道偏你一說又是佛門了你出家的念頭還沒有歇麽惜春笑道不瞞嫂子說我早已斷了葷了王夫人道好孩子阿彌陀佛這個念頭是起不得的惜春聽了也不言語寶玉想青燈古佛前的詩句不禁連嘆幾聲忽又想起一床蓆一枝花的詩句來拿眼睛看着襲人不覺又流下淚來衆人都見他忽笑忽悲也不解是何意只道是他的舊病豈知寶玉觸處機來竟能把偷看冊上的詩句牢牢記住了只是不說出來心中早有一家成見在那裡了暫且不題且說衆人見寶玉死去復生神氣淸爽又加連日服藥一天好似一天漸漸的復原起来

便是賈政見寶玉已好現在丁憂無事想起賈赦不知幾時遇赦老太太的靈柩久停寺內終不放心欲要扶柩回南安葬便叫了賈璉來商議賈璉便道老爺想的極是如今趁著丁憂幹了這件大事更好將來老爺起了服只怕又不能遂意了但是我父親不在家姪兒又不敢僭越老爺的主意狠好只是這件事也得好幾千銀子衙門裡緝賊那是再緝不出來的賈政道我的主意是定了只為大老爺不在家叫你來商議商議怎麽個辦法你是不能出門的現在這裡沒有人我想好幾口材都要帶回去我一個人怎麽能彀照應想着把蓉哥兒帶了去況且有他媳婦的棺材也在裡頭還有你林妹妹的那是老太太

的遺言說跟著老太太一塊兒回去的我想這一項銀子只好在那裡挪借幾千也就彀了賈璉道如今的人情過於淡薄老爺呢又丁憂我們老爺呢又在外頭一時借是借不出來的了只好拿房地文書出去押去賈政道住的房子是官蓋的那裡動得賈璉道住房是不能動的外頭還有幾所可以出脫的等老爺起復後再贖也使得將來我父親回來了倘能也再起用也好贖的只是老爺這麼大年紀辛苦這一場姪兒們心裡却不安賈政道老太太的事是應該的只要你在家謹慎些把持定了纔好賈璉道老爺這倒只管放心姪兒雖糊塗斷不敢不認真辦理的況且老爺回南少不得多帶些人去所留下的人

也有限了這點子費用還可以過的來就是老爺路上短少些必經過賴尚榮的地方可以叫他出點力兒賈政道自已老人家的事叫人家帮什麼呢賈璉答應了個是便退出來打算銀錢賈政便告訴了王夫人叫他管了家自已擇了發引長行的日子就要起身寶玉此時身體復元賈環賈蘭倒認真念書賈政都交付給賈璉叫他督教今年是大比的年頭環兒是有服的不能入場蘭兒是孫子服滿了也可以考的務必叫寶玉同著姪兒考去能彀中一個舉人也好贖一贖偺們的罪名賈璉等唯唯應命賈政又吩咐了在家的人說了好些話纔別了宗祠便在城外念了幾天經就發引下船帶了林之孝等而去也

没有驚動親友惟有自家男女送了一程回來寶玉因賈政命他赴考王夫人便不時催逼查考起他的工課來那寶釵襲人時常勸勉自不必說那知寶玉病後雖精神日長他的念頭一發更奇僻了竟換了一種不但厭棄功名仕進竟把那兒女情緣也看淡了好些只是衆人不大理會寶玉也並不說出來一日恰遇紫鵑送了林黛玉的靈柩回來悶坐自己屋裡啼哭想著寶玉無情見他林妹妹的靈柩回去並不傷心落淚見我這樣痛哭也不來勸慰反瞅着我笑這樣負心的人從前都是花言巧語來哄着我們前夜虧我想得開不然幾乎又上了他的當只是一件叫人不解如今我看他待襲人也是冷冷兒的二

奶奶是本來不喜歡親熱的麝月那些人就不抱怨他麼看來女孩兒們多半是痴心的白操了那些時的心不知將來怎樣結局正想着只見五兒走來瞧他見紫鵑滿面淚痕便說姐姐又哭林姑娘了我想一個人聞名不如眼見頭裡聽著二爺女孩子跟前是最好的我母親再三的把我弄進來豈知我進來了盡心竭力的伏侍了幾次病如今病好了連一句好話也没有剩出來這會子索性連正眼兒也不瞧了紫鵑聽他說的好笑便噗嗤的一笑啐道呸你這小蹄子你心裡要寶玉怎麼樣待你纔好女孩兒家也不害臊人家明公正氣的屋裡人他瞧着還没事人一大堆呢有功夫理你去因又笑著拿個指頭往

臉上抹着問道你到底算寳玉的什麽人哪那五兒聽了自知失言便飛紅了臉待要解說不是要寳玉怎樣看待說他近来不憐下的話只聽院門外亂嚷說外頭和尚又來了要那一萬銀子呢太太着急叫璉二爺和他講去偏偏璉二爺又不在家那和尚在外頭說些瘋話太太叫請二奶奶過去商量不知怎樣打發那和尚下回分解

紅樓夢第一百十六回終

紅樓夢第一百十七回

阻超凡佳人雙護玉　欣聚黨惡子獨承家

話說王夫人打發人來叫寶釵過去商量寶玉聽見說是和尚
在外頭趕忙的獨自一人走到前頭嘴裏亂嚷道我的師父在
那裏叫了半天並不見有和尚只得走到外面見李貴將和尚
攔住不放他進來寶玉便說道太太叫我請師父進去李貴聽
了鬆了手那和尚便搖搖擺擺的進來寶玉看見那僧的形狀
與他死去時所見的一般心裏早有些明白了便上前施禮連
叫師父弟子迎候來遲那僧說我不要你們接待只要銀子拿
了來我就走寶玉聽來又不像有道行的話看他滿頭癩瘡渾

身腌臢破爛心裏想道自古說真人不露相露相不真人也不
可當面錯過我且應了他謝銀並探探他的口氣便說道師父
不必性急現在家母料理請師父坐下略等片刻弟子請問師
父可是從太虛幻境而來那和尚道什麼幻境不過是來處來
去處去罷了我是送還你的玉來的我且問你那玉是從那裏
來的寶玉一時對答不來那僧笑道你自己的來路還不知便
來問我寶玉本來穎悟又經點化早把紅塵看破只是自己的
底裏未知一聞那僧問起玉來好像當頭一棒便說道你也不
用銀子的我把那玉還你罷那僧笑道也該還我了寶玉也不
答言往裏就跑走到自己院內見寶釵襲人等都到王夫人那

裡去了忙向自巳床邊取了那玉便走出來迎面碰見了襲人撞了一個滿懷把襲人唬了一跳說道太太說你陪着和尚坐著狠好太太在那裡打算送他些銀兩你又回来做什麼寶玉道你快去回太太說不用張羅銀子了我把這玉還了他就是了襲人聽說卽忙拉住寶玉道這斷使不得的那玉就是你的命若是他拿了去你又要病着了寶玉道如今再不病的了我已經有了心了要那玉何用摔脫襲人便想要走襲人急的赶着嚷道你回來我告訴你一句話寶玉回過頭來道沒有什麼說的了襲人顧不得什麼一面赶着跑一面嚷道上回丟了玉几乎沒有把我的命要了剛剛兒的有了他拿了去你也活不

成我也活不成了你要還他除非是叫我死了說着赶上一把拉住寶玉急了道你死也要還你不死也要還狠命的把襲人一推抽身要走怎奈襲人兩隻手繞着寶玉的帶子不放哭着喊着坐在地下裡面的丫頭聽見連忙赶來瞧見他兩個人的神情不好只聽見襲人哭道快告訴太太去寶二爺要把那玉去還和尚呢丫頭赶忙飛報王夫人那寶玉更加生氣用手來掰開了襲人的手幸虧襲人忍痛不放紫鵑在屋裡聽見寶玉要把玉給人這一急比別人更甚把素日冷淡寶玉的主意都忘在九霄雲外了連忙跑出来帮著抱住寶玉那寶玉雖是個男人用力摔打怎奈兩個人死命的抱住不放也難脫身嘆口

氣道為一塊玉這樣死命的不放若是我一個人走了你們又怎麼樣襲人紫鵑聽了這話不禁嚎啕大哭起來正在難分難解王夫人寶釵急忙趕來見是這樣形景王夫人便哭着喝道寶玉你又瘋了寶見玉王夫人來了明知不能脫身只得陪笑道這當什麼又叫太太着急他們總是這樣大驚小怪我說那和尚不近人情他必要一萬銀子少一個不能我生氣進來拿了這玉還他就說是假的要這玉幹什麼他見我們不希罕那玉便隨意給他些就過去了王夫人道我打諒真要還他這也罷了為什麼不告訴明白了他們叫他們哭哭喊喊的像什麼寶釵道這麼說呢倒還使得要是真拿那玉給他那和尚有些

古怪倘或一給了他又鬧到家口不寧豈不是不成事了麼至於銀錢呢就把我的頭面折變了也還彀了呢王夫人聽了道也罷了且就這麼辦罷寶玉也不回答只見寶釵走上来在寶玉手裡拿了這玉說道你也不用出去我合太太給他錢就是了寶玉道玉不還他也使得只是我還得當面見他一見纔好襲人等仍不肯放手到底寶釵明决說放了手由他去就是了襲人只得放手寶玉笑道你們這些人原不重玉不重人哪你們既放了我我便跟着他走了看你們就守著那塊玉怎麼樣襲人心裡又着急起来仍要拉他只礙着王夫人和寶釵的面前又不好太露輕薄恰好寶玉一撒手就走了襲人忙叫小丫

頭在三門口傳了焙茗等告訴外頭照應着二爺他有些瘋了小丫頭答應了出去王夫人寶釵等進來坐下問起襲人來由襲人便將寶玉的話細細說了王夫人寶釵甚是不放心又叫人出去吩咐衆人伺候聽着和尚說些什麼回來小丫頭傳話進來回王夫人道二爺真有些瘋了外頭小廝們說裡頭不給他玉他也沒法見如今身子出來了求那和尚帶了他去王夫人聽了說道這還了得那和尚說什麼來着小丫頭回道和尚說要玉不要人寶釵道不要銀子了麼小丫頭道沒聽見說後來和尚合二爺兩個人說着笑着有好些話外頭小廝們都不大懂王夫人道糊塗東西聽不出來學是自然學得來的便叫

小丫頭你把那小廝叫進來小丫頭連忙出去叫進那小廝站在廊下隔着窗戶請了安王夫人便問道和尚和二爺的話你們不懂難道學也學不來嗎那小廝回道我們只聽見說什麼大荒山什麼青埂峯又說什麼太虛境斬斷塵緣這些話王夫人聽着也不懂寶釵聽了唬得兩眼直瞪半句話都沒有了正要叫人出去拉寶玉進來只見寶玉笑嘻嘻的進來說好了好了寶釵仍是發怔王夫人道你瘋瘋顛顛的說的是什麼寶玉道正經話又說我瘋顛那和尚與我原認得的他不過也是要來見我一見他何嘗是真要銀子呢也只當化個善緣就是了所以說明了他自已就飄然而去了這可不是好了麼王夫人

不信又隔着窗戶問那小厮那小厮連忙出去問了門上的人進來回說果然和尚走了說請太太們放心我原不要銀子只要寶二爺時常到他那裡去去就是了諸事只要隨緣自有一定的道理王夫人道原來是個好和尚你們曾問他住在那裡小厮道門上的說他說來着我們二爺知道的王夫人便問寶玉他到底住在那裡寶玉笑道這個地方兒說遠就遠說近就近寶釵不待說完便道你醒醒兒罷別儘着迷在裡頭現在老爺太太就疼你一個人老爺還吩咐叫你幹功名上進呢寶玉道我說的不是功名麼你們不知道一子出家七祖昇天王夫人聽到那裡不覺傷起心來說我們的家運怎麼好一個四丫頭口口聲聲要出家如今又添出一個來了我這樣的日子過他做什麼說着放聲大哭寶釵見王夫人傷心只得上前苦勸寶玉笑道我說了一句頑話兒太太又認起真來了王夫人止住哭聲道這些話也是混說的麼正鬧着只見丫頭來回話璉二爺回來了顏色大變說請太太回去說話王夫人又吃了一驚說道將就些叫他進來罷小嬸子也是舊親不用迴避了賈璉進來見了王夫人請了安寶釵迎着也問了賈璉的安賈璉回道剛纔接了我父親的書信說是病重的很叫我就去遲了恐怕不能見面說到那裡眼淚便掉下來了王夫人道書上寫的是什麼病賈璉道寫的是感冒風寒起的如今竟成了癆病

了現在危急耑差一個人連日連夜赶來的說如若再躭擱一兩天就不能見面了故來回太太姪兒必得就去纔好只是家裡没人照管薔兒芸兒雖說糊塗到底是個男人外頭有了事來還可傳個話姪兒家裡倒没有什麽事秋桐是天天哭着喊着不願意在這裡姪兒叫了他娘家的人來領了去了倒省了平兒好些氣雖是巧姐没人照應還虧平兒的心不狠壞妞兒心裡也明白只是性氣比他娘還剛硬些求太太時常管教管教他說着眼圈兒一紅連忙把腰裡拴檳榔荷包的小絹子拉下來擦眼王夫人道放著他親祖母在那裡托我做什麽賈璉輕輕的說道太太要說這個話姪兒就該活活兒的打死了没什麽說的總求太太始終疼姪兒就是了說着就跪下來了王夫人也眼圈兒紅了說你快起來娘兒們說話兒這是怎麽說只是一件孩子也大了倘或你父親有個一差二錯又躭擱住了或者有個門當戶對的來說親還是等你回來還是你太太作主賈璉道現在太太們在家自然是太太們做主不必等我王夫人道你要去就寫了禀帖給二老爺送個信說家下無人你父親不知怎樣快請二老爺將老太太的大事早早的完結快快回來賈璉答應了是正要走出去復轉回來回說道偺們家的家下人家裡還彀使喚只是園裡没有人太空了包勇又跟了他們老爺去了姨太太住得房子薛二爺已搬到自己的

房子內住了園裡一帶屋子都空著忒沒照應還得太太叫人常查看查看那櫳翠菴原是偺們家的地基如今妙玉不知那裡去了所有的根基他的當家女尼不敢自已作主要求府裡一個人管理管理王夫人道自巳的事還鬧不清還擱得住外頭的事麼這句話好歹別叫四丫頭知道若是他知道了又要吵着出家的念頭出來了你想偺們家什麼樣的人家好好的姑娘出了家還了得賈璉道太太不提起侄兒也不敢說四妹妹到底是東府裡的又沒有父母他親哥哥又在外頭他親嫂子又不大說的上話侄兒聽見要尋死覓活了好幾次他既是心裡這麼着的了若是牛着他將來倘或認真尋了死比出家更不好了王夫人聽了點頭道這件事真真叫我也難擔我也做不得主由他大嫂子去就是了賈璉又說了幾句纔出來叫了衆家人來交代清楚寫了書收拾了行裝平兒等不免叮嚀了好些話只有巧姐兒慘傷的了不得賈璉又欲托王仁照應巧姐到底不願意聽見外頭托了芸薔二人心裡更不受用嘴裡却說不出來只得送了他父親謹謹慎慎的隨著平兒過日子豐兒小紅因鳳姐去世告假的告假告病的告病平兒意欲接了家中一個姑娘來一則給巧姐作伴二則可以帶量他遍想無人衹有喜鸞四姐兒是賈母舊日鍾愛的偏偏四姐兒新近出了嫁了喜鸞也有了人家兒不日就要出閣也只得罷了

且說賈芸賈薔送了賈璉便進來見了邢王二夫人他兩個倒替著在外書房住下日間便與家人厮鬧有時找了幾個朋友吃個車輪會甚至聚賭裡頭那裡知道一日邢大舅王仁來瞧見了賈芸賈薔住在這裡知他熱鬧也就借着照看的名兒時常在外書房設局賭錢喝酒所有幾個正經的家人賈政帶了幾個去賈璉又跟去了幾個只有那賴林諸家的兒子姪兒那些少年托著老子娘的福吃喝慣了的那知當家立計的道理況且他們長輩都不在家便是沒籠頭的馬了又有兩個旁主人慫恿無不樂爲這一鬧把個榮國府鬧得沒上沒下沒裡沒外那賈薔還想勾引寶玉賈芸攔住道寶二爺那個人沒運

氣的不用惹他那一年我給他說了一門子絕好的親父親在外頭做稅官家裡開幾個當鋪姑娘長的比仙女兒還好看我巴巴兒的細細的寫了一封書子給他誰知他沒造化說到這裡瞧了瞧左右無人又說他心裡早和偺們這個二嬸娘好上了你沒聽見說還有一個林姑娘呢弄的害了相思病死的誰不知道這也罷了各自的姻緣罷咧誰知他爲這件事倒惱了我了總不大理他打諒誰必是借誰的光兒呢賈薔聽了點點頭纔把這個心歇了他兩個還不知道寶玉自會那和尚以後他是欲斷塵緣一則在王夫人跟前不敢任性已與寶釵襲人等皆不大欵洽了那些丫頭不知道還要逗他寶玉那裡看得

到眼裡他也並不將家事放在心裡時常王夫人寶釵勸他念書他便假作攻書一心想著那個和尚引他到那仙境的机關心目中觸處皆爲俗人卻在家難受閑來倒與惜春閒講他們兩個人講得上了那種心更加准了幾分那裡還管賈環賈蘭等那賈環爲他父親不在家趙姨娘已死王夫人不大理會他便入了賈薔一路倒是彩雲時常規勸反被賈環辱罵玉釧兒見寶玉瘋顛更甚早和他娘說了要求着出去如今寶玉賈環他哥兒兩個各有一種脾氣鬧得人人不理獨有賈蘭跟著他母親上緊攻書作了文字送到學裡請教代儒因近來代儒老病在床只得自己刻苦李紈是素來沉靜的除請王夫人的安

會會寶釵餘者一步不走只有看著賈蘭攻書所以榮府住的人雖不少竟是各自過各自的誰也不肯做誰的主賈環賈薔等愈鬧的不像事了甚至偷典偷賣不一而足賈環更加宿娼濫賭無所不爲一日邢大舅王仁都在賈家外書房喝酒一時高興叫了幾個陪酒的來唱着喝着勸酒賈薔便說你們鬧的太俗我要行個令兒眾人道使得賈薔道偺們月字流觴罷我先說起月字數到那個便是那個喝酒還要酒面酒底須得依着令官不依者罰三大盃眾人都依了賈薔喝了一盃令酒便說飛羽觴而醉月順飲數到賈環賈薔說酒面要個桂字賈環便說道冷露無聲濕桂花酒底呢賈薔道說個香字賈環道天

香雲外飄邢大舅說道沒趣沒趣你又懂得什麼字了也假斯文起來這不是取樂竟是慪人了偺們都蠲了倒是搳拳輸家喝輸家唱叫作苦中苦若是不會唱的說個笑話兒也使得只要有趣衆人都道使得於是亂搳起來王仁輸了喝了一盃唱了一個衆人道好又搳起来了是個陪酒的輸了唱了一個什麼小姐小姐多丰彩以後邢大舅輸了衆人要他唱曲兒他道我唱不上来我說個笑話兒罷賈薔道若說不笑人仍要罰的邢大舅就喝了一盃說道諸位聽着村庄上有一座元帝廟旁邊有個土地祠那元帝老爺常叫土地來說閒話兒一日元帝廟裡被了盜便叫土地去查訪土地禀道這地方沒有賊的必

是神將不小心被外賊偷了東西去元帝道胡說你是土地失了盜不問你問誰去呢你倒不去拿賊反說我的神將不小心嗎土地禀道雖說是不小心到底是廟裡的風水不好元帝道你倒會看風水麼土地道待小神看看那土地向各處瞧了一會便來回禀道老爺坐的身子背後兩扇紅門就不謹慎小神坐的背後是砌的墻自然東西丢不了以後老爺的背後也改了墻就好了元帝老爺聽來有理便叫神將派人打墻衆神將嘆口氣道如今香火一炷也沒有那裡有磚灰人工來打墻呢元帝老爺没法叫神將作法却都没有主意那元帝老爺脚下的龜將軍站起來道你們不中用我有主意你們將紅門拆下

來到了夜神拿我的肚子堵住這門口難道當不得一堵墻麼衆神將都說道好又不花錢又便當結寔子是龜將軍便當這個差使竟安靜了豈知過了幾天那廟裡又丟了東西衆神將叫了土地來說道你說砌了墻就不丟東西怎麼如今有了墻還要丟那土地道這墻砌的不結寔衆神將道你瞧去土地一看果然是一堵好墻怎麼還有失事把手摸了一摸道我打諒是真墻那裡知道是個假墻衆人聽了大笑起來賈薔也忍不住的笑說道傻大舅你好我沒有罵你你為什麼罵我快拿盃來罰一大盃邢大舅喝了已有醉意衆人又喝了几盃都醉起來邢大舅說他姐姐不好王仁說他妹妹不好都說的狠狠毒

毒的賈環聽了趁著酒興也說鳳姐不好怎樣苛刻我們怎麼樣踏我們的頭衆人道大凡做個人原要厚道些看鳳姑娘仗着老太太這樣的利害如今焦了尾巴梢子了只剩了一個姐兒只怕也要現世現報呢賈芸想着鳳姐待他不好又想起巧姐兒見他就哭也信着嘴兒混說還是賈薔道喝酒罷說人家做什麼那兩個陪酒的道這位姑娘多大年紀了長得怎麼樣賈薔道模樣兒是好的狠的年紀也有十三四歲了那陪酒的說道可惜這樣人生在府裡這樣人家若生在小戶人家父母兄弟都做了官還發了財呢衆人道怎麼樣那陪酒的說現今有個外藩王爺最是有情的要選一個妃子若合了式父母兄

弟都跟了去可不是好事兒嗎衆人都不大理會只有王仁心裡略動了一動仍舊喝酒只見外頭走進賴林兩家的子弟來說爺們好樂呀衆人站起來說道老大老三怎麼這時候纔來叫我們好等那兩個人說道今早聽見一個謠言說是咱們家又鬧出事來了心裡着急赶到裡頭打聽去並不是咱們衆人道不是咱們就完了爲什麼不就來那兩個說道雖不是咱們也有些干係你們知道是誰就是賈雨村老爺我們今兒進去看見帶著鎖子說要解到三法司衙門裡審問去呢我們見他常在咱們家裡來往恐有什麼事便跟了去打聽賈芸道到底老大用心原該打聽打聽你且坐下喝一盃再說兩人讓了一

回便坐下喝着酒道這位雨村老爺人也能幹也會鑽營官也不小了只是貪財被人家參了個婪索屬員的幾款如今的萬歲爺是最聖明最仁慈的獨聽了一個貪字或因遭蹋了百姓或因恃勢欺良是極生氣的所以旨意便叫拿問若問出來了只怕擱不住若是沒有的事那參的人也不便如今真真是好時候只要有造化做個官兒就好衆人道你的哥哥就是有造化的現做知縣還不好麼賴家的說道我哥哥雖是做了知縣他的行爲只怕也保不住怎麼樣呢衆人道手也長麼賴家的點點頭兒便舉起盃來喝酒衆人又道裡頭還聽見什麼新聞兩人道別的事沒有只聽見海疆的賊寇拿住了好些也解到

法司衙門裡審問還審出好些賊寇也有藏在城裡的打聽消息抽空兒就刼搶人家如今知道朝裡那些老爺們都是能文能武出力報劾所到之處早就消滅了衆人道你聽見有在城裡的不知審出偺們家失盜的一案來沒有兩人道倒沒有聽見慌惚有人說是有個內地裡的人城裡犯了事搶了一個女人下海去了那女人不依被這賊寇殺了那賊寇正要逃出關去被官兵拿住了就在拿獲的地方正了法了衆人道偺們櫳翠菴的什麼妙玉不是叫人搶去不要就是他罷賈環道必是他衆人道你怎麼知道賈環道妙玉這個東西是最討人嫌的他一日家捏酸見了寶玉就眉開眼笑了我若見了他他從不拿正眼瞧我一瞧真要是他我纔趁願呢衆人道搶的人也不

少那裡就是他賈芸道有點信兒前日有個人說他菴裡的道婆做夢說看見是妙玉叫人殺了衆人笑道夢話算不得邢大舅道管他夢不夢偺們快吃飯罷今夜做個大輸贏衆人願意便吃畢了飯大賭起來賭到三更多天只聽見裡頭亂嚷說是四姑娘合珍大奶奶拌嘴把頭髮都鉸了趕到邢夫人王夫人那裡去磕了頭說是要求容他做尼姑呢送他一個地方兒若不容他他就死在眼前那邢王兩位太太沒主意叫請薔大爺芸二爺進去賈芸聽了便知是那回看家的時候起的念頭想來是勸不過來的了便合賈薔商議道太太叫我們進去我們

是做不得主的況且也不好做主只好勸去若勸不住只好由他們罷偺們商量了寫封書給璉二叔便卸了我們的干係了兩人商量定了主意進去見了邢王兩位太太便假意的勸了一回無奈惜春立意必要出家就不放他出去只求一兩間淨屋子給他誦經拜佛尤氏見他兩個不肯作主又怕惜春尋死自己便硬做主張說是這個不是索性我躭了罷說我做嫂子的容不下小姑子逼的他出了家了就完了若說到外頭去呢斷斷使不得若在家裡呢太太們都在這裡算我的主意罷咧薔哥兒寫封書子給你珍大爺璉二叔就是了賈薔等答應了不知邢王二夫人依與不依下回分解

紅樓夢第一百十七回終

紅樓夢第一百十八回

記微嫌舅兄欺弱女　驚謎語妻妾諫痴人

話說邢王二夫人聽尤氏一段話明知也難挽回王夫人只得說道姑娘要行善這也是前生的夙根我們也實在攔不住只是偺們這樣人家的姑娘出了家不成個事體如今你嫂子說了准你修行也是好處却有一句話要說那頭髮可以不剃的只要自己的心真那在頭髮上頭呢你想妙玉也是帶髮修行的不知他怎樣凡心一動纔鬧到那個分兒姑娘執意如此我們就把姑娘住的房子便算了姑娘的靜室所有服侍姑娘的人也得叫他們來問他若願意跟的就講不得說親配人若不

願意跟的另打主意惜春聽了收了淚拜謝了邢王二夫人李紈尤氏等王夫人說了便問彩屏等誰願跟姑娘修行彩屏等回道太太們派誰就是誰王夫人知道不願意正在想人襲人立在寶玉身後想來寶玉必要大哭防着他的舊病豈知寶玉嘆道真真難得襲人心裡更自傷悲寶釵雖不言語遇事試探見他執迷不醒只得暗中落淚王夫人纔要叫了衆丫頭來問忽見紫鵑走上前去在王夫人面前跪下回道剛纔太太問跟四姑娘的姐姐太太看着怎麼樣王夫人道這個如何強派得人的誰願意他自然就說出來了紫鵑道姑娘修行自然姑娘願意並不是別的姐姐們的意思我有句話回太太我也並不

是拆開姐姐們各人有各人的心我服侍林姑娘一場林姑娘待我也是太太們知道的實在恩重如山無以可報他死了我恨不得跟了他去但只他不是這裡的人我又受主子家的恩典難以從死如今四姑娘既要修行我就求太太們將我派了跟着姑娘伏侍姑娘一輩子不知太太們准不准若准了就是我的造化了邢王二夫人尚未答言只見寶玉聽到那裡想起黛玉一陣心酸眼淚早下來了衆人纔要問他時他又哈哈的大笑走上來道我不該說的這紫鵑蒙太太派給我屋裡我纔敢說求太太准了他罷全了他的好心王夫人道你頭裡姊妹出了嫁還哭得死去活來如今看見四妹妹要出家不但不勸

倒說好事你如今到底是怎麽個意思我索性不明白了寶玉道四妹妹修行是已經准了的四妹妹也是一定的主意了若是真呢我有一句話告訴太太若是不定呢我就不敢混說了惜春道二哥哥說話也好笑一個人主意不定便扭得過太太們來了我也是像紫鵑的話容我呢是我的造化不容我呢還有一個死呢那怕什麽二哥哥既有話只管說寶玉道我這也不筭什麽洩漏了這也是一定的我念一首詩給你們聽聽罷衆人道人家苦得很的時候你倒來做詩慪人寶玉道不是做詩我到過一個地方兒看了來的你們聽聽罷衆人道使得你就念念别順着嘴兒胡謅寶玉也不分辯便說道

勘破三春景不長　緇衣頓改昔年粧
可憐綉戶侯門女　獨卧青燈古佛傍
李紈寶釵聽了詫異道不好了這個人入了魔了王夫人聽了這話點頭嘆息便問寶玉你到底是那裡看來的寶玉不便說出來回道太太也不必問我自有見的地方王夫人回過味來細細一想便更哭起來道你說前兒是頑話怎麼忽然有這首詩罷了我知道了你們叫我怎麼樣呢我也沒有法兒了也只得由着你們去罷但只等我合上了眼各自幹各自的就完了寶釵一面勸着這個心比刀絞更甚也掌不住便放聲大哭起來襲人已經哭的死去活來幸虧秋紋扶着寶玉也不啼哭也不相勸只不言語賈蘭賈環聽到那裡各自走開李紈竭力的

解說總是寶兄弟見四妹妹修行他想來是痛極了不顧前後的瘋話這也作不得準獨有紫鵑的事情準不准好叫他起來王夫人道什麼依不依橫竪一個人的主意定了那也是扭不過來的可是寶玉說的也是一定的了紫鵑聽了磕頭惜春又謝了王夫人紫鵑又給寶玉寶釵磕了頭寶玉念聲阿彌陀佛難得難得不料你倒先好了寶釵雖然有把持也難掌住只有襲人也顧不得王夫人在上便痛哭不止說我也願意跟了四姑娘去修行寶玉笑道你也是好心但是你不能享這個清福的襲人哭道這麼說我是要死的了寶玉聽到那裡倒覺傷心

只是說不出來因時已五更寶玉請王夫人安歇李紈等各自散去彩屏等暫且伏侍惜春囬去後來指配了人家紫鵑終身伏侍毫不改初此是後話且言賈政扶了賈母靈柩一路南行因遇著班師的兵將船隻過境河道擁擠不能速行在道實在心焦幸喜遇見了海疆的官員聞得鎮海統制欽召囬京想來探春一定囬家略略解些煩心只打聽不出起程的日期心裏又是煩燥想到盤費筭來不敷不得已寫書一封差人到賴尚榮任上借銀五百叫人沿途迎上來應付需用過了幾日賈政的船纔行得十數里那家人囬來迎上船隻將賴尚榮的稟啟呈上書內告了多少苦處備上白銀五十兩賈政看了大怒即命家人立刻送還將原書發囬叫他不必費心那家人無奈只得囬到賴尚榮任所賴尚榮接到原書銀兩心中煩悶知事辦得不周到又添了一百央來人帶囬帮着說些好話豈知那人不肯帶囬撂下就走賴尚榮心下不安立刻修書到家囬明他父親叫他設法告假贖出身來于是賴家托了賈薔賈芸等在王夫人面前乞恩放出賈薔明知不能過了一日假說王夫人不依的話囬覆了賴家一面告假一面差人到賴尚榮任上叫他告病辭官王夫人並不知道那賈芸聽見賈薔的假話心裏便没想頭連日在外又輸了好些銀錢無所抵償便和賈環借貸賈環本是一個錢没有的雖是趙姨娘有些積蓄早被他弄光

了那能照應人家便想起鳳姐待他刻薄趁着賈璉不在家要擺佈巧姐出氣遂把這個當叫賈芸來上故意的埋怨賈芸道你們年紀又大放着弄銀錢的事又不敢辦倒和我沒有錢的人商量賈芸道三叔你這話說的倒好笑偺們一塊兒頑一塊兒鬧那裡有有錢的事賈環道不是前兒有人說是外藩要買偏房你們何不和王大舅商量把巧姐說給他呢賈芸道叔叔我說句招你生氣的話外藩花了錢買人還想能和偺們走動麼賈環在賈芸耳邊說了些話賈芸雖然點頭只道賈環是小孩子的話也不當事恰好王仁走來說道你們兩個人商量些什麼瞞着我嗎賈芸便將賈環的話附耳低言的說了王仁拍手道這倒是一宗好事又有銀子只怕你們不能若是你們敢辦我是親舅舅做得主的只要環老三在大太太跟前那麼一說我找邢大舅再一說太太們問起來你們打夥兒說好就是了賈環等商議定了王仁便去找邢大舅賈芸便去回邢王二夫人說得錦上添花王夫人聽了雖然入耳只是不信邢夫人聽得邢大舅知道心裡願意便打發人找了邢大舅來問他那邢大舅已經聽了王仁的話又可分肥便在邢夫人跟前說道若說這位郡王是極有體面的若應了這門親事雖說不是正配管保一過了門姐夫的官早復了這裡的聲勢又好了邢夫人本是沒主意的人被傻大舅一番假話哄得心動請了王

仁來一問更說得熱鬧於是邢夫人倒叫人出去追着賈芸去說王仁即刻找了人去到外藩公館說了那外藩不知底細便要打發人來相看賈芸又鑽了相看的人說明原是瞞着合宅的只說是王府相親等到成了他祖母作主親舅舅的保山是不怕的那相看的人應了賈芸便送信與邢夫人並回了王夫人那李紈寶釵等不知原故只道是件好事也都歡喜那日果然來了幾個女人都是艷粧麗服邢夫人接了進去敘了些閑話那來人本知是個誥命也不敢怠慢邢夫人因事未定也沒有和巧姐說明只說有親戚來瞧瞧叫他去見巧姐到底是個小孩子那管這些便跟了奶媽過來平兒不放心也跟着來只見

有兩個宮人打扮的見了巧姐便渾身上下一看更又起身來拉着巧姐的手又瞧了一遍略坐了一坐就走了倒把巧姐看得羞臊回到房中納悶想來沒有這門親戚便問平兒平兒先看見來頭卻也猜着八九必是相親的但是二爺不在家大太太作主到底不知是那府裡的若說是對頭親不該這樣相看瞧那幾個人的來頭不像是本支王府好像是外頭路數如今且不必和姑娘說明且打聽明白再說平兒心下留神打聽那些丫頭婆子都是平兒使過的平兒一問所有聽見外頭的風聲都告訴了平兒便嚇的沒了主意雖不和巧姐說便赶着去告訴了李紈寶釵求他二人告訴王夫人王夫人知道這事不

好便和邢夫人說知怎奈邢夫人信了兄弟並王仁的話反疑心王夫人不是好意便說孫女兒也大了現在璉兒不在家這件事我還做得主况且他親舅爺爺和他親舅舅打聽的難道倒比別人不真麼我橫竪是願意的倘有什麼不好我和璉兒也抱怨不着別人王夫人聽了這些話心下暗暗生氣勉强說些閒話便走了出來告訴了寶釵自己落淚寶玉勸道太太別煩惱這件事我看來是不成的這又是巧姐兒命裏所招只求太太不管就是了王夫人道你一開口就是瘋話人家說定了就要接過去若依平兒的話你璉二哥哥不抱怨我麼別說自巳的姪孫女兒就是親戚家的也是要好纔好邢姑娘是我們

作媒的配了你二大舅子如今和和順順的過日子不好麼那琴姑娘梅家娶了去聽見說是豐衣足食的很好就是史姑娘是他叔叔的主意頭裏原好如今姑爺癆病死了你史妹妹立志守寡也就苦了若是巧姐兒錯給了人家兒可不是我的心壞正說着平兒過來瞧寶釵並探聽邢夫人的口氣王夫人將邢夫人的話說了一遍平兒呆了半天跪下求道巧姐兒終身全仗着太太若信了人家的話不但姑娘一輩子受了苦便是璉二爺回來怎麼說呢王夫人道你是個明白人起來聽我說巧姐兒到底是大太太孫女兒他要作主我能攔他麼寶玉勸道無妨礙的只要明白就是了平兒生怕寶玉瘋癲嚷出來

也就不言語回了王夫人竟自去了這裡王夫人想到煩悶一陣心痛叫丫頭扶着勉强回到自巳房中躺下不叫寶玉寶釵過來說睡睡就好的自巳却也煩悶聽見說李嬸娘來了也不及接待只見賈蘭進來請了安回道今早爺爺那裡打發人帶了一封書子來外頭小子們傳進來的我母親接了正要過來因我老娘來了叫我先呈給太太瞧回來我母親就過來來回太太還說我老娘要過來呢說着一面把書子呈上王夫人一面接書一面問道你老娘來作什麽賈蘭道我也不知道我只聽見我老娘說我三姨兒的婆婆家有什麽信兒來了王夫人聽了想起來還是前次給甄寶玉說了李綺後來放定下茶想來此時甄家要娶過門所以李嬸娘來商量這件事情便點點頭兒一面拆開書信見上面寫着道

近因途沿俱係海疆凱旋船隻不能迅速前行聞探姐隨翁婿來都不知曾有信否前接到璉姪手稟知大老爺身體欠安亦不知已有確信否寶玉蘭兒場期已近務須實心用功不可怠惰老太太靈柩抵家尚需日時我身體平善不必掛念此諭寶玉等知道月日手書蓉兒另稟

王夫人看了仍舊遞給賈蘭說你拿去給你二叔叔瞧瞧還交給你母親罷正說著李紈同李嬸娘過來請安問好畢王夫人讓了坐李嬸娘便將甄家要娶李綺的話說了一遍大家商議

了一會子李紈因問王夫人道老爺的書子太太看過了麼王夫人道看過了賈蘭便拿着給他母親瞧李紈看了道三姑娘出了門好幾年總沒有來如今要回京了太太也放了好些心王夫人道我本是心痛看見探丫頭要回來了心裏略好些只是不知幾時纔到李嬸娘便問了賈政在路好李紈因命賈蘭道哥兒瞧見了場期近了你爺爺惦記的什麼是的你快拿了去給二叔叔瞧去罷李嬸娘道他們爺兒兩個又沒進過學怎麼能下場呢王夫人道他爺爺做糧道的起身時給他們爺兒兩個援了例監了李嬸娘點頭賈蘭一面拿着書子出來找寶玉却說寶玉送了王夫人去後正拿着秋水一篇在那裏細玩寶釵從裏間走出見他看的得意忘言便走過來一看見是

這個心裏着實煩悶細想他只顧把這些出世離羣的話當作一件正經事終久不妥看他這種光景料勸不過來便坐在寶玉傍邊怔怔的瞅着寶玉見他這般便道你這又是爲什麼寶釵道我想你我既爲夫婦你便是我終身的倚靠却不在情慾之私論起榮華富貴原不過是過眼烟雲但自古聖賢以人品根柢爲重寶玉也沒聽完把那本書擱在傍邊微微的笑道據你說人品根柢又是什麼古聖賢你可知古聖賢說過不失其赤子之心那赤子有什麼好處不過是無知無識無貪無忌我們生來已陷溺在貪嗔痴愛中猶如污泥一般怎麼能跳出這

般塵網如今纔曉得聚散浮生四字古人說了不曾提醒一個旣要講到人品根柢誰是到那太初一步地位的寶釵道你旣說赤子之心古聖賢原以忠孝爲赤子之心并不是遁世離羣無關無係爲赤子之心堯舜禹湯周孔時刻以救民濟世爲心所謂赤子之心原不過是不忍二字若你方纔所說的忍於拋棄天倫還成什麼道理寶玉點頭笑道堯舜不强巢許武周不强夷齊寶釵不等他說完便道你這個話益發不是了古來若都是巢許夷齊爲什麼如今人又把堯舜周孔稱爲聖賢呢況且你自比夷齊更不成話夷齊原是生在殷商末世有許多難處之事所以纔有托而逃當此聖世咱們世受國恩祖父錦衣

玉食況你自有生以來自去世的老太太以及老爺太太視如珍寶你方纔所說自己想一想是與不是寶玉聽了也不答言只有仰頭微笑寶釵因又勸道你旣理屈詞窮我勸你從此把心收一收好好的用用功但能博得一第便是從此而止也不枉天恩祖德了寶玉點了點頭嘆了口氣說道一第呢其實也不是什麼難事倒是你這個從此而止不枉天恩祖德却還不離其宗寶釵未及答言襲人過來說道剛纔二奶奶說的古聖先賢我們也不懂我只想著我們這些人從小兒辛辛苦苦跟着二爺不知陪了多少小心論起理來原該當的但只二爺也該體諒體諒況且二奶奶替二爺在老爺太太跟前行了多少

孝道就是二爺不以夫妻爲事也不可太辜負了人心至于神仙那一層更是謊話誰見過有走到凡間來的神仙呢那裡來的這麽個和尚說了些混話二爺就信了眞二爺是讀書的人難道他的話比老爺太太還重麽寶玉聽了低頭不語襲人還要說時只聽外面脚步走响隔着牕戶問道二叔在屋裡呢麽寶玉聽了是賈蘭的聲音便站起來笑道你進來罷寶釵也站起來賈蘭進來笑容可掬的給寶玉寶釵請了安問了襲人的好襲人也問了好便把書子呈給寶玉瞧寶玉接在手中看了便道你三姑姑回來了賈蘭道爺爺既如此寫自然是回來的了寶玉點頭不語默默如有所思賈蘭便問叔叔看見了爺爺

後頭寫着叫偺們好生念書呢叔叔這成子只怕總沒作文章罷寶玉笑道我也要作幾篇熟一熟手好去誆這個功名賈蘭道叔叔既這樣就擬幾個題目我跟着叔叔作作也好進去混場別到那時交了白卷子惹人笑話不但笑話我人家連叔叔都要笑話了寶玉道你也不至如此說著寶釵命賈蘭坐下寶玉仍坐在原處賈蘭側身坐了兩個談了一回文不覺喜動顏色寶釵見他爺兒兩個談得高興便仍進屋裡去了心中細想寶玉此時光景或者醒悟過來了只是剛纔說話他把那從此而止四字單單的許可這又不知是什麽意思了寶釵尚自猶豫惟有襲人看他愛講文章提到下場更又欣然心裡想道阿

彌陀佛好容易講四書是的纔講過來了這裡寶玉和賈蘭講文鶯兒沏過茶來賈蘭站起來接了又說了一會子下場的規矩並請甄寶玉在一處的話寶玉也甚似願意一時賈蘭出去便將書子留給寶玉了那寶玉拿着書子笑嘻嘻走進來遞給麝月收了便出來將那本莊子收了把幾部向來最得意的如參同契元命苞五燈會元之類叫出麝月秋紋鶯兒等都搬了擱在一邊寶釵見他這番舉動甚爲罕異因欲試探他便笑問道不看他倒是正經但又何必搬開呢寶玉道如今纔明白過來了這些書都算不得什麽我還要一火焚之方爲干凈寶釵聽了更欣喜異常只聽寶玉口中微吟道

內典語中無佛性　金丹法外有仙舟

寶釵也沒狠聽真只聽得無佛性有仙舟幾個字心中轉又狐疑且看他作何光景寶玉便命麝月秋紋等收拾一間靜室把那些語錄名稿及應制詩之類都找出來擱在靜室中自巳却當真靜靜的用起功來寶釵這纔放了心那襲人此時真是聞所未聞見所未見便悄悄的笑着向寶釵道到底奶奶說話透徹只一路講究就把二爺勸明白了就只可惜遲了一點兒臨塲太近了寶釵點頭微笑道功名自有定數中與不中倒也不在用功的遲早但願他從此一心巴結正路把從前那些邪魔永不沾染就是好了說到這裡見房裡無人便悄說道這一番

悔悟過來[redacted]然狠好但只一件怕又犯了前頭的舊病和女孩兒們打起交道來也是不好襲人道奶奶說的也是二爺自從信了和尚纔把這些姐妹冷淡了如今不信和尚真怕又要犯了前頭的舊病呢我想奶奶和我二爺原不大理會紫鵑去了如今秪他們四個這裡頭就是五兒有些個狐媚子聽見說他媽求了大奶奶和奶奶說要討出去給人家兒呢但是這兩天到底在這裡呢麝月秋紋雖沒別的只是二爺那幾年也都有些頑頑皮皮的如今筭來秪有鶯兒二爺倒不大理會况且鶯兒也穩重我想倒茶弄水只叫鶯兒帶着小丫頭們伏侍就彀了不知奶奶心裡怎麼樣寶釵道我也慮的是這個你說的倒

也罷了從此便派鶯兒帶着小丫頭伏侍那寶玉却也不出房門天天只差人去給王夫人請安王夫人聽見他這番光景那一種欣慰之情更不待言了到了八月初三這一日正是賈母的冥壽寶玉早晨過來磕了頭便回去仍到靜室中去了飯後寶釵襲人等都和姊妹們跟着邢王二夫人在前面屋裡說閒話兒寶玉自在靜室冥心危坐忽見鶯兒端了一盤瓜菓進來說太太叫人送來給二爺吃的這是老太太的克什寶玉站起來答應了復又坐下便道擱在那裡罷鶯兒一面放下瓜菓一面悄悄向寶玉道太太那裡誇二爺呢寶玉微笑鶯兒又道太太說了二爺這一用功明兒進場中了出來明年再中了進士

作了官老爺太太可就不枉了盼二爺了寶玉也只點頭微笑鶯兒忽然想起那年給寶玉打絡子的時候寶玉說的話来便道眞要二爺中了那可是我們姑奶奶的造化了二爺還記得那一年在園子裡不是二爺叫我打梅花絡子時說的我們姑奶奶後来帶着我不知到那一個有造化的人家兒去呢如今二爺可是有造化的罷咧寶玉聽到這裡又覺塵心一動連忙歛神定息微微的笑道據你說来我是有造化的你們姑娘也是有造化的你呢鶯兒把臉飛紅了勉强笑道我們不過當丫頭一輩子罷咧有什麽造化呢寶玉笑道果然能彀一輩子是丫頭你這個造化比我們還大呢鶯兒聽見這話似乎又是瘋

話了恐怕自已招出寶玉的病根来打算着要走只見寶玉笑着說道傻丫頭我告訴你罷未知寶玉又說出什麽話来且聽下回分解

紅樓夢第一百十八回終

紅樓夢第一百十九回

中鄉魁寶玉却塵緣　沐皇恩賈家延世澤

話說鶯兒見寶玉說話摸不着頭腦正自要走只聽寶玉又說道傻丫頭我告訴你罷你姑娘既是有造化的你跟着他自然也是有造化的了你襲人姐姐是靠不住的只要往後你盡心伏侍他就是了日後或有好處也不枉你跟着他熬了一塲鶯兒聽着前頭像話後頭說的又有些不像了便道我知道了姑娘還等我呢二爺要吃菓子時打發小丫頭叫我就是了寶玉點頭鶯兒纔去了一時寶釵襲人回來各自房中去了不題且說過了幾天便是塲期別人只知盼望他爺兒兩個作了好文章便可以高中的了秖有寶釵見寶玉的工課雖好只是那有意無意之間却別有一種冷靜的光景知他要進塲了頭一件叔侄兩個都是初次赴考恐人馬擁擠有什麽失閃第二件寶玉自和尚去後總不出門雖然見他用功喜歡只是改的太速太好了反倒有些信不及只怕又有什麽變故所以進塲的頭一天一面派了襲人帶了小丫頭們同着素雲等給他爺兒兩個收拾妥當自已又都過了目好好的擱起預備着一面過來同李紈回了王夫人揀家裡老成的管事的多派了幾個只說怕人馬擁擠碰了次日寶玉賈蘭換了半新不舊的衣服欣然過來見了王夫人王夫人囑咐道你們爺兒兩個都是初次下

場但是你們活了這麼大並不曾離開我一天就是不在眼前也是丫頭媳婦們圍着何曾自己孤身睡過一夜今日各自進去孤孤悽悽舉目無親須要自己保重早些作完了文章出來找着家人早些回來也叫你母親媳婦們放心王夫人說着不免傷起心來賈蘭聽一句答應一句只見寶玉一聲不哼待王夫人說完了走過來給王夫人跪下滿眼流淚磕了三個頭說道母親生我一世我也無可答報只有這一入場用心作了文章好好的中個舉人出來那時太太喜歡喜歡便是兒子一輩子的事也完了一輩子的不好也都遮過去了王夫人聽了更覺傷心便道你有這個心自然是好的可惜你老太太不能見你的面了一面說一面哭着拉他那寶玉只管跪著不肯起來便說道老太太見與不見總是知道的喜歡的既能知道了喜歡了便是不見也和見了的一樣只不過隔了形質並非隔了神氣啊李紈見王夫人和他如此一則怕勾起寶玉的病來二則也覺得光景不大吉祥連忙過來說道太太這是大喜的事為什麼這樣傷心况且寶兄弟近來狠知好歹狠孝順又肯用功只要帶了姪兒進去好好的作文章早早的回來寫出來請偺們的世交老先生們看了等着爺兒兩個都報了喜就完了一面叫人攙起寶玉來寶玉却轉過身來給李紈作了個揖說嫂子放心我們爺兒兩個都是必中的日後蘭哥還有大出

息大嫂子還要帶鳳冠穿霞帔呢李紈笑道但願應了叔叔的話也不枉說到這裡恐怕又惹起王夫人的傷心來連忙咽住了寶玉笑道只要有了個好兒子能彀接續祖基就是大哥哥不能見也算他的後事完了李紈見天氣不早了也不肯儘着和他說話只好點點頭兒此時寶釵聽得早已呆了這些話不但寶玉說的不好便是王夫人李紈所說句句都是不祥之兆却又不敢認真只得忍淚無言那寶玉走到跟前深深的作了一個揖衆人見他行事古怪也摸不着是怎麼樣又不敢笑他只見寶釵的眼淚直流下來衆人更是納罕又聽寶玉說道姐姐我要走了你好生跟着太太聽我的喜信兒罷寶釵道是時候了你不必說這些嘮叨話了寶玉道你倒催的我緊我自己也知道該走了回頭見衆人都在這裡只沒惜春紫鵑便說道四妹妹和紫鵑姐姐跟前替我說罷他們兩個橫豎是再見的衆人見他的話又像有理又像瘋話大家祇說他從來沒出過門都是太太的一套話招出來的不如早早催他去了就完了事了便說道外面有人等你呢你再鬧就悞了時辰了寶玉仰面大笑道走了走了不用胡鬧了完了事了衆人也都笑道快走罷獨有王夫人和寶釵娘兒兩個倒像生離死別的一般那眼淚也不知從那裡來的直流下來幾乎失聲哭出但見寶玉嘻天哈地大有瘋傻之狀遂從此出門而去正是

走來名利無雙地　打出樊籠第一關

不言寶玉賈蘭出門赴考且說賈環見他們考去自己又氣又恨便自大爲王說我可要給母親報仇了家裡一個男人沒有上頭大太太依了我還怕誰想定了主意跑到邢夫人那邊請了安說了些奉承的話那邢夫人自然喜歡便說道你這纔是明理的孩子呢像那巧姐兒的事原該我作主的你璉二哥糊塗放着親奶奶倒托別人去賈環道人家那頭兒也說了只認得這一門子現在定了還要備一分大禮來送太太呢如今太太有了這樣的藩王孫女婿還怕大老爺沒大官做麼不是我說自己的太太他們有了元妃姐姐便欺壓的人難受將來巧姐兒別也是這樣沒良心等我去問問他邢夫人道你也該

告訴他他纔知道你的好處只怕他父親在家也找不出這麼門子好親事來但只平兒那個糊塗東西他倒說這件事不好說是你太太也不願意想來恐怕我們得了意若遲了你二哥回來又聽人家的話就辦不成了賈環道那邊都定了只等太太出了八字王府的規矩三天就要求娶的但是一件只怕太太不願意那邊說是不該娶犯官的孫女只好悄悄的擡了去等大老爺免了罪做了官再大家熱鬧起來邢夫人道這有什麼不願意也是禮上應該的賈環道既這麼着這帖子太太出了就是了邢夫人道這孩子又糊塗了裡頭都是女人你叫薔

哥兒寫了一個就是了賈環聽說喜歡的了不得連忙答應了出來赶着和賈芸說了邀着王仁到那外藩公館立文書兌銀子去了那知剛纔所說的話早被跟那夫人的丫頭聽見那丫頭是求了平兒纔挑上的便抽空兒赶到平兒那裡一五一十的都告訴了平兒早知此事不好已和巧姐細細的說明巧姐哭了一夜必要等他父親回來作主大太太的話不能遵今兒又聽見這話便大哭起來要和太太講去平兒急忙攔住道姑娘且慢着大太太是你的親祖母他說二爺不在家大太太做得主的况且還有舅舅做保山他們都是一氣姑娘一個人那裡說得過呢我到底是下人說不上話去如今只可想法兒斷

不可冒失的那夫人那邊的丫頭道你們快快的想主意不然可就要抬走了說着各自去了平兒回過頭來見巧姐哭作一團連忙扶着道姑娘哭是不中用的如今是二爺彀不着聽見他們的話頭這句話還沒說完只見那夫人那邊打發人來告訴姑娘大喜的事来了叫平兒將姑娘所有應用的東西料理出來若是賠送呢原說明了等二爺回来再辦平兒只得答應了回來又見王夫人過來巧姐兒一把抱住哭得倒在懷裡王夫人也哭道妞兒不用着急我為你吃了大太太好些話看來是扭不過來的我們只好應着緩下去卽刻差個家人赶到你父親那裡去告訴平兒道太太還不知道麽早起三爺在大太

太跟前說了什麼外藩規矩三日就要過去的如今大太太已叫芸哥兒寫了名字年庚去了還等得二爺麼王夫人聽說是三爺便氣得話也說不出來呆了半天一叠聲叫找賈環找了半天人回今早同薔哥兒王舅爺出去了王夫人問芸哥呢衆人回說不知道巧姐屋內人人瞪眼都無方法王夫人也難和邢夫人爭論只有大家抱頭大哭正鬧着一個婆子進來回說後門上的人說那個劉老老又來了王夫人道偺們家遭了這樣事那有工夫接待人不拘怎麼回了他去罷平兒道太太該叫他進來他是姐兒的乾媽也得告訴告訴他王夫人不言語那婆子便帶了劉老老進來各人見了問好劉老老見衆人的眼圈兒通紅也摸不着頭腦遲了一會子問道怎麼了太太姑

娘們必是想二姑奶奶了巧姐兒聽見提起他母親越發大哭起來平兒道老老別說閒話你既是姑娘的乾媽也該知道的便一五一十的告訴了把個劉老老也唬怔了等了半天忽然笑道你這樣一個伶俐姑娘沒聽見過鼓兒詞麼這上頭的法兒多著呢這有什麼難的平兒赶忙問道老老你有什麼法兒快說罷劉老老道這有什麼難的呢一個人也不叫他們知道扔崩一走就完了事了平兒道這可是混說了我們這樣人家的人走到那裡去劉老老道只怕你們不走你們要走就到我屯裡去我就把姑娘藏起來即刻叫我女婿弄了人叫姑娘親

筆寫個字兒赶到姑老爺那裡少不得他就來了可不好麽平兒道大太太知道呢劉老老道我來他們知道麽平兒道大太太住在前頭他待人刻薄有什麽信没人送給他的你若前門走來就知道了如今是後門來的不妨事劉老老道偺們說定了幾時我叫女婿打了車來接了去平兒道這還等得幾時嗎你坐着罷急忙進去將劉老老的話避了傍人告訴了王夫人想了半天不妥當平兒道只好這樣爲的是太太纔敢說明太太就裝不知道回來倒問大太太我們那裡就有人去想二爺回來也快王夫人不言語嘆了一口氣巧姐兒聽見便和王夫人道求太太救我横豎父親回來只有感激的平兒道不用說

了太太回去罷只要太太派人看屋子王夫人道掩密些你們兩個人的衣服鋪蓋是要的啊平兒道要快走纔中用呢若是他們定了回來就有饑荒了一句話提醒了王夫人便道是了你們快辦去罷有我呢於是王夫人回去倒過去找邢夫人說閒話兒把邢夫人先絆住了平兒這裡便遣人料理妥了囑咐道倒别避人有人進來看見就說是大太太吩咐的要一輛車子送劉老老去這裡又買囑了看後門的人僱了車來平兒便將巧姐裝做青兒模樣急急的去了後來平兒只當送人眼錯不見也跨上車去了原來近日賈府後門雖開只有一兩個人看著餘外雖有幾個家下人因房大人少空落落的誰能照應

且邢夫人又是個不憐下人的家人明知此事不好又都感念平兒的好處所以通同一氣放走了巧姐邢夫人還自和王夫人說話那裡理會只有王夫人甚不放心說了一回話悄悄的走到寶釵那裡坐下心裡還是惦記着寶釵見王夫人神色恍惚便問太太的心裡有什麼事王夫人將這事背地裡和寶釵說了寶釵道險得狠如今得快快的叫芸哥兒止住那裡纔妥當王夫人道我找不着環兒呢寶釵道太太總要裝作不知等我想個人去叫大太太知道纔好王夫人點頭一任寶釵想人暫且不言且說外藩原是要買幾個使喚的女人據媒人一面之辭所以派人相看相看的人回去禀明了藩王藩王問起

人家衆人不敢隱瞞只得實說那外藩聽了知是世代勳戚便說了不得這是有干例禁的幾乎悞了大事况我朝覲已過便要擇日起程倘有人來再說快快打發出去這日恰好賈芸王仁等遞送年庚只見府門裡頭的人便說奉王爺的命誰敢拿賈府的人來冒充民女者要拿住究治的如今太平時候誰敢這樣大胆這一嚷唬得王仁等抱頭鼠竄的出來埋怨那說事的人大家掃興而散賈環在家候信又聞王夫人傳喚急得煩燥起來見賈芸一人回來赶着問道定了麼賈芸慌忙跺足道了不得了不得不知誰露了風了還把吃虧的話說了一遍賈環氣得發怔說我早起在大太太跟前說的這樣好如今怎麼

樣處呢這都是你們衆人坑了我了正没主意聽見裡頭亂嚷叫著賈環等的名字說大太太二太太叫呢兩個人只得蹭進去只見王夫人怒容滿面說你們幹的好事如今逼死了巧姐和平兒了快快的給我我還屍首來完事兩個人跪下賈環不敢言語賈芸低頭說道孫子不敢幹什麽爲的是邢舅太爺和王舅爺說給巧妹妹作媒我們纔回太太們的大太太愿意纔叫孫子寫帖兒去的人家還不要呢怎麽我們逼死了妹妹呢王夫人道環兒在大太太那裡說的三日內便要抬了走說親作媒有這樣的麽我也不問你們快把巧姐兒還了我們等老爺回来再說邢夫人如今也是一句話兒說不出了只有落淚

王夫人便罵賈環說趙姨娘這樣混賬東西留的種子也是這混賬的說著叫了頭扶了回到自已房中那賈環賈芸邢夫人三個人互相埋怨說道如今且不用埋怨想来死是不死的必是平兒帶了他到那什麽親戚家躲着去了邢夫人叫了前後的門上人来罵著問巧姐兒和平兒知道那裡去了豈知下人一口同音說是大太太不必問我們問當家的爺們就知道了在大太太也不用鬧等我們太太問起来我們有話說要打大家打要發大家都發自從璉二爺出了門外頭鬧的還得了我們的月錢月米是不給了賭錢喝酒鬧小旦還接了外頭的媳婦兒到宅裡來這不是爺嗎說得賈芸等頓口無言王夫人那

邊又打發人來催說叫爺們快找來那賈環等急得恨無地縫可鑽又不敢盤問巧姐那邊的人明知衆人深恨是必藏起來了但是這句話怎敢在王夫人面前說只得各處親戚家打聽毫無踪跡裡頭一個邢夫人外頭環兒等這幾天鬧的晝夜不寧看看到了出場日期王夫人只盼着寶玉賈蘭回來等到晌午不見回來王夫人李紈寶釵着忙打發人去到下處打聽去了一起又無消息連去的人也不來了回來又打發一起人去又不見回來三個人心裡如熱油熬煎等到傍晚有人進來見是賈蘭衆人喜歡問道寶二叔呢賈蘭也不及請安便哭道二叔丟了王夫人聽了這話便怔了半天也不言語便直挺挺的躺倒床上虧得彩雲等在後面扶着下死的叫醒轉來哭着見寶釵也是白瞪兩眼襲人等已哭得淚人一般只有哭着罵賈蘭道糊塗東西你同二叔在一處怎麽他就丟了賈蘭道我和二叔在下處是一處吃一處睡進了場相離也不遠刻刻在一處的今兒一早二叔的卷子早完了還等我呢我們兩個人一起去交了卷子一同出來在龍門口一擠回頭就不見了我們家接場的人都問我李貴還說看見的相離不過數步怎麽一擠就不見了現叫李貴等分頭的找去我也帶了人各處號裡都找遍了沒有我所以這時候纔回來王夫人是哭的一句話也說不出來寶釵心裡已知八九襲人痛哭不已賈薔等不等

吩咐也是分頭而去可憐榮府的人個個死多活少空備了接場的酒飯賈蘭也都忘了辛苦還要自己找去倒是王夫人攔住道我的兒你叔叔丟了還禁得再丟了你麼好孩子你歇歇去罷賈蘭那裡肯走尤氏等苦勸不止衆人中只有惜春心裡却明白了只不好說出來便問寶釵道二哥哥帶了玉去了沒有寶釵道這是隨身的東西怎麽不帶惜春聽了便不言語襲人想起那日搶玉的事來也是料着那和尚作怪柔腸幾斷珠淚交流嗚嗚咽咽哭個不住追想當年寶玉相待的情分有時慪他他便惱了也有一種令人回心的好處那温存體貼是不用說了若慪急了他便賭誓說做和尚誰知今日却應了這句

話了不言襲人苦想却說那天已是四更並沒個信兒李紈怕王夫人苦壞了極力勸著回房衆人都跟着伺候只有邢夫人回去賈環躲着不敢出來王夫人叫賈蘭去了一夜無眠次日天明雖有家人回來都說沒有一處不尋到寔在沒有影兒于是薛姨媽薛蝌史湘雲寶琴李嬸等接二連三的過來請安問信如此一連數日王夫人哭得飲食不進命在垂危忽有家人回道海疆來了一人口稱統制大人那裡來的說我們家的三姑奶奶明日到京了王夫人聽說探春回京雖不能解寶玉之愁那個心略放了些到了明日果然探春回來衆人遠遠接着見探春出挑得比先前更好了服采鮮明看見王夫人形容枯

稿衆人眼腫腮紅便也大哭起來哭了一會然後行禮看見惜春道姑打扮心裡狠不舒服又聽見寶玉心迷走失家中多少不順的事大家又哭起來還虧得探春能言見解亦高把話來慢慢兒的勸解了好些時王夫人等略覺好些至次日三姑爺也來了知有這樣事留探春住下勸解跟探春的丫頭老婆也與衆姐妹們相聚各訴別後情事從此上上下下的人竟是無晝無夜專等寶玉的信那一夜五更多天外頭幾個家人進來到二門口報喜幾個小丫頭亂跑進來也不及告訴大丫頭了進了屋子便說太太奶奶們大喜王夫人打諒寶玉找着了便喜歡的站起身來說在那裡找着的快叫他進來那人道中了

第七名舉人王夫人道寶玉呢家人不言語王夫人仍舊坐下探春便問第七名中的是誰家人回說是寶二爺正說着外頭又嚷道蘭哥兒中了那家人赶忙出去接了報單回稟見賈蘭中了一百三十名李紈心下自然喜歡但因不見了寶玉不敢喜形於色王夫人見賈蘭中了心下也是喜歡只想若是寶玉一回來偺們這些人不知怎樣樂呢獨有寶釵心下悲苦又不好掉淚衆人道喜說是寶玉既有中的命自然再不會丟的不過再過兩天必然找的着王夫人等想來不錯略有笑容衆人便趁勢勸王夫人等多進了些飲食只見三門外頭焙茗亂嚷說我們二爺中了舉人是丟不了的了衆人問道怎麽見得焙

着道一舉成名天下聞如今二爺走到那裡那裡就知道的誰敢不送來裡頭的衆人都說這小子雖是沒規矩這句話是不錯的惜春道這樣大人了那裡有走失的只怕他勘破世情入了空門這就難找著他了這句話又招的王夫人等都大哭起來李紈道古來成佛作祖成神仙的果然把爵位富貴都拋了也多得狠王夫人哭道他若拋了父母這就是不孝怎能成佛作祖探春道大凡一個人不可有奇處二哥哥生來帶塊玉來都道是好事這麼說起來都是有了這塊玉的不好若是再有幾天不見我不是呌太太生氣就有些原故了只好譬如沒有生這位哥哥罷了果然有來頭成了正果也是太太幾輩子的

修積寶釵聽了不言語襲人那裡忍得住心裡一疼頭上一暈便栽倒了王夫人看着可憐命人扶他回去賈環見哥哥姪兒中了又爲巧姐的事大不好意思只抱怨薔芸兩個知道探春回來此事不肯干休又不敢躲開這幾天竟是如在荊棘之中次日賈蘭只得先去謝恩知道甄寶玉也中了大家序了同年提起賈寶玉心迷走失甄寶玉嘆息勸慰知貢舉的將考中的卷子奏聞皇上一一的披閱看取中的文章俱是平正通達的見第七名賈寶玉是金陵籍貫第一百三十名又是金陵賈蘭皇上傳旨詢問兩個姓賈的是金陵人氏是否賈妃一族大臣領命出來傳賈寶玉賈蘭問話賈蘭將寶玉場後迷失的話並

將三代陳明大臣代爲轉奏皇上最是聖明仁德想起賈氏功
勲命大臣查覆大臣便細細的奏明皇上甚是憫恤命有司將
賈赦犯罪情由查案呈奏皇上又看到海疆靖寇班師善後事
宜一本奏的是海宴河清萬民樂業的事皇上聖心大悅命九
卿敘功議賞並大赦天下賈蘭等朝臣散後拜了座師並聽見
朝內有大赦的信便回了王夫人等合家略有喜色只盼寶玉
回來薛姨媽更加喜歡便要打算贖罪一日人報甄老爺同三
姑爺來道喜王夫人便命賈蘭出去接待不多一時賈蘭進来
笑嘻嘻的回王夫人道太太們大喜了甄老爺在朝內聽見有
旨意說是大爺爺的罪名免了珍大爺不但免了罪仍襲了寧

國三等世職榮國世職仍是爺爺襲了俟丁憂服滿仍陞工部
郎中所抄家產全行賞還二叔的文章皇上看了甚喜問知元
妃兄弟北靜王還奏說人品亦好皇上傳旨召見衆大臣奏稱
據伊姪賈蘭回稱出場時迷失現在各處尋訪皇上降旨着五
營各衙門用心尋訪這旨意一下請太太們放心皇上這樣聖
恩再没有找不着的王夫人等這纔大家稱賀喜歡起來只有
賈環等心下着急四處找尋巧姐那知巧姐隨了劉老老帶着
平兒出了城到了庄上劉老老也不敢輕褻巧姐便打掃上房
讓給巧姐平兒住下每日供給雖是鄉村風味倒也潔淨又有
青兒陪着暫且寬心那庄上也有幾家富戶知道劉老老家来

了賈府姑娘誰不來瞧都道是天上神仙也有送菜菓的也有送野味的倒也熱鬧內中有個極富的人家姓周家財巨萬良田千頃只有一子生得文雅清秀年紀十四歲他父母延師讀書新近科試中了秀才那日他母親看見巧姐心裡羨慕自想我是庄家人家那裡配得起這樣世家小姐只顧呆想劉老老早看出他的心事來便說你的心事我知道了我給你們做個媒罷周媽媽笑道你別哄我他們什麼人家肯給我們庄家人劉老老道說著瞧罷于是兩人各自走開劉老老惦記着賈府叫板兒進城打聽那日恰好到寧榮街只見有好些車轎在那裡板兒便在鄰近打聽說是寧榮兩府復了官賞還抄的家產

如今府裡又要起來了只是他們的寶玉中了官不知走到那裡去了板兒心裡喜歡便要回去又見好幾匹馬到來在門前下馬只見門上打千兒請安說二爺回來了大喜大老爺身上安了麼那位爺笑著道好了又遇恩旨就要回來了還問那些人做什麼的門上回說是皇上派官在這裡下旨意叫人領家產那位爺便喜喜歡歡的進去板兒料是賈璉也不再打聽趕忙回去告訴他外祖母劉老老聽說喜的眉開眼笑去給巧姐兒道喜將板兒的話說了一遍平兒笑說道可是虧了老老這樣一辦不然姑娘也摸不着這好時候兒了巧姐更自喜歡正說着那送賈璉信的人也回來了說是姑老爺感激得狠叫我

一到家快把姑娘送出去又賞了我好幾兩銀子劉老老聽了得意便叫人赶了兩輛車請巧姐平兒上車巧姐等在劉老老家住熟了反是依依不捨更有青兒哭着恨不能留下劉老老見他不忍相別便叫青兒跟了進城一逕直奔榮府而來且說賈璉先前知道賈赦病重赶到配所父子相見痛哭一場漸漸的好起來賈璉接着家書知道家中的事稟明賈赦回來走到中途聽得大赦又赶了兩天今日到家恰遇頒賞恩旨裏面邢夫人等正愁無人接旨雖有賈蘭終是年輕人報璉二爺回來大家相見悲喜交集此時也不及叙話即到前廳叩見了欽命大人問了他父親好說明日到內府領賞寧國府第發交居住

衆人起身辭別賈璉送出門去見有幾輛屯車家人們不許停歇正在吵鬧賈璉早知道是巧姐來的車便罵家人道你們這一起糊塗忘八羔子我不在家就欺心害主將姐兒都逼走了如今人家送來還要攔阻必是你們和我有什麼仇麼衆家人原怕賈璉回來不依想來少時纔破豈知賈璉說得更明心下不懂只得站著剛道二爺出門奴才們有病的有告假的都是三爺薔大爺芸二爺作主不與奴才們相干賈璉道什麼混賬東西我完了事再和你們說快把車赶進來賈璉進去見邢夫人也不言語轉身到了王夫人那裡跪下磕了個頭回道姐兒回來了全虧太太周全環兒弟也不用說他了只是芸兒這東

西他上回看家就鬧亂兒如今我去了幾個月便鬧到這樣回太太的話這種人攆了他不往來也使得的王夫人道王仁這下流種子爲什麽也是這樣壞賈璉道太太不用說了我自有道理正說着彩雲等回道姐兒進來了於是巧姐兒見了王夫人雖然別不多時想起那樣逃難的景况不免落下淚來巧姐兒也便大哭賈璉忙過來道謝了劉老老王夫人便拉他坐下說起那日的話來賈璉見了平兒外面不好說別的心裏十分感激眼中不覺流淚自此益發敬重平兒打筭等賈赦回來要扶平兒爲正此是後話暫且不題只說邢夫人正恐賈璉不見了巧姐必有一番的周折又聽見賈璉在王夫人那裡心下更是着急便叫丫頭去打聽回來說是巧姐兒同着劉老老在那裡說話兒呢邢夫人纔如夢初覺知是他們弄鬼還抱怨王夫人調唆的我母子不和到底不知是那個送信給平兒的正問着只見巧姐同着劉老老帶了平兒王夫人在後頭跟着進來先把頭裡的話都說在賈芸王仁身上說大太太原是聽見人說爲的是好事那裡知道外頭的鬼邢夫人聽了自覺羞慚想起王夫人主意不差心裡也服於是邢王二夫人彼此倒心下相安了平兒回了王夫人帶了巧姐到寶釵那裡來請安各自提各自的苦處又說到皇上隆恩偺們家該與旺起來了想來寶二爺必回來的正說到這句話只見秋紋慌慌張張的跑來

說道襲人不好了不知何事且聽下回分解

紅樓夢第一百十九回終

甄士隱詳說太虛情　賈雨村歸結紅樓夢

話說寶釵聽秋紋說襲人不好連忙進去瞧看巧姐兒同平兒也隨着走到襲人炕前只見襲人心痛難禁一時氣厥寶釵等用開水灌了過來仍舊扶他睡下一面傳請大夫巧姐兒因問寶釵道襲人姐姐怎麼病到這個樣兒寶釵道大前兒晚上哭傷了心了一時發暈栽倒了太太叫人扶他回來他就睡倒了因外頭有事没有請大夫瞧他所以致此說着大夫來了寶釵等略避大夫看了脉說是急怒所致開了方子去了原來襲人模糊聽見說寶玉若不回来便要打發屋裡的人都出去一急

越發不好了到大夫瞧後秋紋給他煎藥他各自一人躺着神魂未定好像寶玉在他面前恍惚又像是見個和尚手裡拿着一本册子揭着看還說道你不是我的人日後自然有人家兒的襲人似要和他說話秋紋走來說藥好了姐姐吃罷襲人睁眼一瞧知是個夢也不告訴人吃了藥便自已細細的想寶玉必是跟了和尚去上回他要拿玉出去便是要脫身的樣子被我揪住看他竟不像往常把我混推混搡的一點情意都没有後来待二奶奶更生厭煩在别的姊妹跟前也是没有一點情意這就是悟道的樣子但是你悟了道抛了二奶奶怎麼好我是太太派我服侍你雖是月錢照着那樣的分例其實我究竟

沒有在老爺太太跟前回明就算了你的屋裡人若是老爺太太打發我出去我若死守着又叫人笑話若是我出去心想寶玉待我的情分實在不忍左思右想萬分難處想到剛纔的夢說我是別人的人那倒不如死了干淨豈知吃藥已後心痛減了好些也難躺着只好勉强支持過了幾日起來服侍寶釵寶釵想念寶玉暗中垂淚自嘆命苦又知他母親打算給哥哥贖罪狠費張羅不能不帮着打算暫且不表且說賈政扶賈母靈柩賈蓉送了秦氏鳳姐鴛鴦的棺木到了金陵先安了葬賈蓉自送黛玉的靈也去安葬賈政料理墳墓的事一日接到家書一行一行的看到寶玉賈蘭得中心裡自是喜歡後來看到寶

玉走失復又煩惱只得趕忙回來在道兒上又聞得有恩赦的旨意又接着家書果然赦罪復職更是喜歡便日夜趲行一日行到毘陵驛地方那天乍寒下雪泊在一個清靜去處賈政打發衆人上岸投帖辭謝朋友總說卽刻開船都不敢勞動船上只留一個小厮伺候自已在船中寫家書先要打發人起旱到家寫到寶玉的事便停筆抬頭忽見船頭上微微的雪影裡面一個人光着頭赤着脚身上披着一領大紅猩猩毡的斗篷向賈政倒身下拜賈政尚未認清急忙出船欲待扶住問他是誰那人已拜了四拜站起來打了個問訊賈政纔要還揖迎面一看不是別人却是寶玉賈政吃一大驚忙問道可是寶玉麽那

人祇不言語似喜似悲賈政又問道你若是寶玉如何這樣打扮跑到這裡來寶玉未及回言只見船頭上来了兩人一僧一道夾住寶玉道俗緣已畢還不快走說着三個人飄然登岸而去賈政不顧地滑疾忙來赶見那三人在前那裡赶得上只聽得他們三人口中不知是那個作歌曰

我所居兮青埂之峰我所遊兮鴻濛太空誰與我逝兮吾誰與從渺渺茫茫兮歸彼大荒

賈政一面聽着一面赶去轉過一小坡倏然不見賈政已赶得心虛氣喘驚疑不定回過頭來見自巳的小廝也隨後赶來賈政問道你看見方纔那三個人麽小廝道看見的奴才爲老爺

追赶故也赶來後來只見老爺不見那三個人了賈政還欲前走只見白茫茫一片曠野並無一人賈政知是古怪只得回來衆家人回舡見賈政不在艙中問了舡夫說是老爺上岸追赶兩個和尚一個道士去了衆人也從雪地裡尋踪迎去遠遠見賈政來了迎上去接着一同回船賈政坐下喘息方定將見寶玉的話說了一遍衆人回禀便要在這地方尋覓賈政嘆道你們不知道這是我親眼見的並非鬼怪况聽得歌聲大有元妙寶玉生下時啣了玉來便也古怪我早知是不祥之兆爲的是老太太疼愛所以養育到今便是那和尚道士我也見了三次頭一次是那僧道來說玉的好處第二次便是寶玉病重他來

了將那玉持誦了一番寶玉便好了第三次送那玉來坐在前廳我一轉眼就不見了我心裡便有些咤異只道寶玉果真有造化高僧仙道來護佑他的豈知寶玉是下凡歷刼的竟哄了老太太十九年如今叫我纔明白說到那裡掉下淚來衆人道寶二爺果然是下凡的和尚就不該中舉人了怎麼中了纔去賈政道你們那裡知道大凡天上星宿山中老僧洞裡的精靈他自具一種性情你看寶玉何常肯念書他若略一經心無有不能的他那一種脾氣也是各別另樣說着又嘆了幾聲衆人便拿蘭哥得中家道復興的話解了一番賈政仍舊寫家書便把這事寫上勸諭合家不必想念了寫完封好即着家人回去

賈政隨後趕回暫且不題且說薛姨媽得了赦罪的信便命薛蝌去各處借貸並自己凑齊了贖罪銀兩刑部准了收兌了銀子一角文書將薛蟠放出他們母子姊妹弟兄見面不必細述自然是悲喜交集了薛蟠自己立誓說道若是再犯前病必定犯殺犯剮薛姨媽見他這樣便握他的嘴說只要自己拿定主意必定還要妄口巴舌血淋淋的起這樣惡誓麼只是香菱跟你受了多少苦處你媳婦兒已經自己治死自己了如今雖說窮了這碗飯還有得吃據我的主意我便算他是媳婦了你心裡怎麼樣薛蟠點頭願意寶釵等也說狠該這樣倒把香菱急得臉脹通紅說是伏侍大爺一樣的何必如此衆人便稱起大

奶奶來無人不服薛蟠便要去拜謝賈家薛姨媽寶釵也都過來見了衆人彼此聚首又說了一番的話正說着恰好那日賈政的家人回家呈上書子說老爺不日到了王夫人叫賈蘭將書子念給聽賈蘭念到賈政親見寶玉的一段衆人聽了都痛哭起來王夫人寶釵襲人等更甚大家又將賈政書內叫家內不必悲傷原是借胎的話解說了一番與其作了官倘或命運不好犯了事壞家敗產那時倒不好了寧可咱們家出一位佛爺倒是老爺太太的積德所以纔投到咱們家來不是說句不顧前後的話當初東府裡太爺倒是修煉了十幾年也沒有成了仙這佛是更難成的太太這麼一想心裡便開豁了王夫人

哭着和薛姨媽道寶玉抛了我我還恨他呢我嘆的是媳婦的命苦纔成了一二年的親怎麼他就硬着腸子都撂下了走了呢薛姨媽聽了也甚傷心寶釵哭得人事不知所有爺們都在外頭王夫人便說道我為他擔了一輩子的驚剛剛兒的娶了親中了舉人又知道媳婦作了胎我纔喜歡些不想弄到這樣結局早知這樣就不該娶親害了人家的姑娘薛姨媽道這是自已一定的咱們這樣人家還有什麼别的說的嗎幸喜有了胎將來生個外孫子必定是有成立的後來就有了結果了你看大奶奶如今蘭哥兒中了舉人明年成了進士可不是就做了官了麼他頭裡的苦也算吃盡的了如今的甜來也是他為

人的好處我們姑娘的心腸兒姐姐是知道的並不是刻薄輕挑的人姐姐倒不必躭憂王夫人被薛姨媽一番言語說得極有理心想寶釵小時候便是廉靜寡慾極愛素淡的他所以纔有這個事想人生在世真有個定數的看着寶釵雖是痛哭他那端莊樣兒一點不走却倒來勸我這是真真難得不想寶玉這樣一個人紅塵中福分竟沒有一點兒想了一回也覺解了好些又想到襲人身上若說別的丫頭呢沒有什麼難處的大的配了出去小的伏侍二奶奶就是了獨有襲人可怎麼處呢此時人多也不好說且等晚上和薛姨媽商量那日薛姨媽並未回家因恐寶釵痛哭住在寶釵房中解勸那寶釵却是極明理思前想後寶玉原是一種奇異的人夙世前因自有一定原無可怨天尤人更將大道理的話告訴他母親了薛姨媽心裡反倒安慰便到王夫人那裡先把寶釵的話說了王夫人點頭歎道若說我無德不該有這樣好媳婦了說着更又傷心起來薛姨媽倒又勸了一會子因又提起襲人來說我見襲人近來瘦的了不得他是一心想着寶哥兒但是正配呢理應守的屋裡人愿守也是有的惟有這襲人雖說是筭個屋裡人到底他和寶哥兒並沒有過明路兒的王夫人道我纔剛想着正要等妹妹商量商量若說放他出去恐怕他不愿意又要尋死覓活的若要留着他也罷又恐老爺不依所以難處薛姨媽道我看

姨老爺是再不肯叫守着的再者姨老爺並不知道襲人的事想來不過是個丫頭那有留的理呢只要姐姐叫他本家的人來狠狠的吩咐他叫他配一門正經親事再多多的陪送他些東西那孩子心腸兒也好年紀兒又輕也不枉跟了姐姐會子也算姐姐待他不薄了襲人那裡還得我細細勸他就是叫他家的人來也不用告訴他只等他家裡果然說定了好人家兒我們還打聽打聽若果然足衣足食女壻長的像個人兒然後叫他出去王夫人聽了道這個主意很是不然叫老爺冒冒失失的一辦我可不是又害了一個人了麼薛姨媽聽了點頭道可不是麼又說了几句便辭了王夫人仍到寶釵房中去了看

見襲人淚痕滿面薛姨媽便勸解譬喻了一會襲人本來老實不是伶牙利齒的人薛姨媽說一句他應一句回來說道我是做下人的人姨太太瞧得起我纔和我說這些話我是從不敢違拗太太的薛姨媽聽他的話好一個柔順的孩子心裡更加喜歡寶釵又將大義的話說了一遍大家各自相安過了幾日賈政回家衆人迎接賈政見賈赦賈珍已都回家弟兄叔侄相見大家歷叙別來的景況然後內眷們見了不免想起寶玉來又大家傷了一會子心賈政喝住道這是一定的道理如今只要我們在外把持家事你們在內相助斷不可仍是從前這樣的散慢別房的事各有各家料理也不用承總我們本房的事

裡頭全歸于你都要按理而行王夫人便將寶釵有孕的話也告訴了將來丫頭們都放出去賈政聽了點頭無語次日賈政進內請示大臣們說是蒙恩感激但未服闋應該怎麼謝恩之處望乞大人們指教衆朝臣說是代奏請旨于是聖恩浩蕩即命陛見賈政進內謝了恩聖上又降了好些旨意又問起寶玉的事來賈政據實回奏聖上稱奇旨意說寶玉的文章固是清奇想他必是過來人所以如此若在朝中可以進用他既不敢受聖朝的爵位便賞了一個文妙真人的道號賈政又叩頭謝恩而出回到家中賈璉賈珍接着賈政將朝內的話述了一遍衆人喜歡賈珍便回說寧國府第收拾齊全回明了要搬過去

櫳翠菴圈在園內給四妹妹養靜賈政並不言語隔了半日却吩咐了一番仰報天恩的話賈璉也趁便回說巧姐親事父親太太都願意給周家爲媳賈政昨晚也知巧姐的始末便說大老爺大太太作主就是了莫說村居不好只要人家清白孩子肯念書能夠上進朝裡那些官難道都是城裡的人麼賈璉答應了是又說父親有了年紀况且又有痰症的根子靜養几年諸事原仗二老爺爲主賈政道提起村居養靜甚合我意只是我受恩深重尚未酬報耳賈政說畢進內賈璉打發請了劉老老來應了這件事劉老老見了王夫人等便說些將來怎樣陞官怎樣起家怎樣子孫昌盛正說着丫頭回道花自芳的女人

進來請安王夫人問几句話花自芳的女人將親戚作媒說的
是城南蔣家的現在有房有地又有舖面姑爺年紀略大几歲
並沒有娶過的况且人物兒長的是百裡挑一的王夫人聽了
願意說道你去應了隔几日進來再接你妹子罷王夫人又命
人打聽都說是好王夫人便告訴了寶釵仍請了薛姨媽細細
的告訴了襲人襲人悲傷不已又不敢違命的心裡想起寶玉
那年到他家去回來說的死也不回去的話如今太太硬作主
張若說我守着又叫人說我不害臊若是去了實不是我的心
願便哭得咽哽難鳴又被薛姨媽寶釵等苦勸回過念頭想道
我若是死在這裡倒把太太的好心弄壞了我該死在家裡纔

是於是襲人含悲叩辭了眾人那姐妹分手時自然更有一番
不忍說襲人懷着必死的心腸上車回去見了哥哥嫂子也是
哭泣但只說不出來那花自芳悉把蔣家的聘禮送給他看又
把自己所辦粧奩一一指給他瞧說那是太太賞的那是置辦
的襲人此時更難開口住了兩天細想起來哥哥辦事不錯若
是死在哥哥家裡豈不又害了哥哥呢千思萬想左右為難真
是一縷柔腸幾乎牽斷只得忍住那日已是迎娶吉期襲人本
不是那一種潑辣人委委屈屈的上轎而去心裡另想到那裡
再作打算豈知過了門見那蔣家辦事極其認真全都按着正
配的規矩一進了門丫頭僕婦都稱奶奶襲人此時欲要死在

這裡又恐害了人家辜負了一番好意那夜原是哭着不肯俯就的那姑爺却極柔情曲意的承順到了第二天開箱這姑爺看見一條猩紅汗巾方知是寶玉的丫頭原來當初祇知是賈母的侍兒益想不到是襲人此時蔣玉函念着寶玉待他的舊情倒覺滿心惶愧更加周旋又故意將寶玉所換那條松花綠的汗巾拿出來襲人看了方知這姓蔣的原來就是蔣玉函始信姻緣前定襲人纔將心事說出蔣玉函也深爲歎息敬服不敢勉強並越發溫柔體貼弄得個襲人真無死所了看官聽說雖然事有前定無可奈何但孽子孤臣義夫節婦這不得已三字也不是一槩推委得的此襲人所以在又副冊也正是前人過那桃花廟的詩上說道

千古艱難惟一死　傷心豈獨息夫人

不言襲人從此又是一番天地且說那賈雨村犯了婪索的案件審明定罪今遇大赦遞籍爲民雨村因叫家眷先行自已帶了一個小廝一車行李來到急流津覺迷渡口只見一個道者從那渡頭草棚裡出來執手相迎雨村認得是甄士隱也連忙打恭士隱道賈老先生別來無恙雨村道老仙長到底是甄老先生何前次相逢覿面不認後知火焚草亭鄙下深爲惶恐今日幸得相逢益歎老仙翁道德高深奈鄙人下愚不移致有今日甄士隱道前者老大人高官顯爵貧道怎敢相認原因故交

敢贈片言不意老大人相棄之深然而富貴窮通亦非偶然今日復得相逢也是一樁奇事這裡離草庵不遠暫請膝談未知可否雨村欣然領命兩人携手而行小厮驅車隨後到了一座茅庵士隱讓進雨村坐下小童獻茶上來雨村便請教仙長超塵始末士隱笑道一念之間塵凡頓易老先生從繁華境中來豈不知溫柔富貴鄉中有一寶玉乎雨村道怎麼不知近聞紛紛傳述說他也遁入空門下愚當時也曾與他往來過數次再不想此人竟有如是之决絕士隱道非也這一段奇緣我先知之昔年我與先生在仁清巷舊宅門口叙話之前我已會過他一面雨村驚訝道京城離貴鄉甚遠何以能見士隱道神交久矣雨村道既然如此現今寶玉的下落仙長定能知之士隱道寶玉卽寶玉也那年榮寧查抄之前釵黛分離之日此玉早已離世一爲避禍二爲撮合從此夙緣一了形質歸一又復稍示神靈高魁貴子方顯得此玉乃天奇地靈煆煉之寶非凡間可比前經茫茫大士渺渺真人携帶下凡如今塵緣已滿仍是此二人携歸本處便是寶玉的下落雨村聽了雖不能全然明白却也十知四五便點頭歎道原來如此下愚不知但那寶玉既有如此的來歷又何以情迷至此復又豁悟如此還要請教士隱笑道此事說來先生未必盡解太虛幻境卽是真如福地兩番閱册原始要終之道歷歷生平如何不悟仙草歸真焉有通

靈不復原之理呢雨村聽着却不明白知是仙機也不便更問因又說道寶玉之事既得聞命但敝族閨秀如是之多何元妃以下算來結局俱屬平常呢士隱歎道老先生莫怪拙言貴族之女俱屬從情天孽海而來大凡古今女子那淫字固不可犯秖這情字也是沾染不得的所以崔鶯蘇小無非仙子塵心宋玉相如大是文人口孽但凡情思纏綿那結局就不可問了雨村聽到這裡不覺拈鬚長歎因又問道請教仙翁那榮寧兩府尚可如前否士隱道福善禍淫古今定理現今榮寧兩府善者修緣惡者悔禍將來蘭桂齊芳家道復初也是自然的道理雨村低了半日頭忽然笑道是了是了現在他府中有一個名蘭

的已中鄉榜恰好應着蘭字適問老仙翁說蘭桂齊芳又道寶玉高魁貴子莫非他有遺腹之子可以飛黃騰達的麽士隱微微笑道此係後事未便預說雨村還要再問士隱不答便命人設具盤飧邀雨村共食食畢雨村還要問自己的終身士隱便道老先生草庵暫歇我還有一段俗緣未了正當今日完結雨村驚訝道仙長純修若此不知尚有何俗緣士隱道也不過是兒女私情罷了雨村聽了益發驚異請問仙長何出此言士隱道老先生有所不知小女英蓮幼遭塵劫老先生初任之時曾經判斷今歸薛姓產難完劫遺一子於薛家以承宗祧此時正是塵緣脫盡之時只好接引接引士隱說着拂袖而起雨村心

中恍恍惚惚就在這急流津覺迷渡口草庵中睡着了這士隱自去度脫了香菱送到太虛幻境交那警幻仙子對册剛過牌坊見那一僧一道縹緲而來士隱接着說道大士真人恭喜賀喜情緣完結都交割清楚了麼那僧道說情緣尚未全結倒是那蠢物已經回來了還得把他送還原所將他的後事敘明不枉他下世一回士隱聽了便拱手而別那僧道仍携了玉到青埂峯下將寶玉安放在女媧煉石補天之處各自雲遊而去從此後

天外書傳天外事　兩番人作一番人

這日空空道人又從青埂峰前經過見那補天未用之石仍在那裏上面字跡依然如舊又從頭的細細看了一遍見後面偈文後又歷敘了多少收緣結果的話頭便點頭歎道我從前見石兄這段奇文原說可以聞世傳奇所以曾經抄錄但未見返本還原不知何時復有此段佳話方知石兄下凡一次磨出光明修成圓覺也可謂無復遺憾了只怕年深日久字跡模糊反有舛錯不如我再抄錄一番尋個世上清閒無事的人托他傳遍知道奇而不奇俗而不俗真而不真假而不假或者塵夢勞人聊倩鳥呼歸去山靈好客更從石化飛來亦未可知想畢便又抄了仍袖至那繁華昌盛地方遍尋了一番不是建功立業之人即係餬口謀衣之輩那有閒情去和石頭饒舌直尋到

急流津覺迷渡口草菴中睡着一個人因想他必是閒人便要將這抄錄的石頭記給他看看那知那人再叫不醒空空道人復又使勁拉他纔慢慢的開眼坐起便接來草草一看仍舊擲下道這事我已親見盡知你這抄錄的尚無舛錯我只指與你一個人托他傳去便可歸結這段新鮮公案了空空道人忙問何人那人道你須待某年某月某日某時到一個悼紅軒中有個曹雪芹先生只說賈雨村言托他如此如此說畢仍舊睡下了那空空道人牢牢記着此言又不知過了幾世幾刼果然有個悼紅軒見那曹雪芹先生正在那裡翻閱歷來的古史空空道人便將賈雨村言了方把這石頭記示看那雪芹先生笑道

果、是賈雨村言了空空道人便問先生何以認得此人便肯替他傳述那雪芹先生笑道說你空空原來肚裡果然空空既是假語村言但無魯魚亥豕以及背謬矛盾之處樂得與二三同志酒餘飯飽雨夕燈窗同消寂寞又不必大人先生品題傳世似你這樣尋根究底便是刻舟求劍膠柱鼓瑟了那空空道人聽了仰天大笑擲下抄本飄然而去一面走着口中說道原來是敷衍荒唐不但作者不知抄者不知並閱者也不知不過游戲筆墨陶情適性而已後人見了這本傳奇亦曾題過四句偈語為作者緣起之言更進一竿云

說到辛酸處　荒唐愈可悲

由來同一夢　休笑世人痴

紅樓夢第一百二十回終

萃文書屋藏板

图书在版编目（CIP）数据

程乙本红楼梦 /（清）曹雪芹著 . —影印本 .
—北京：中国书店，2013. 8
ISBN 978-7-5149-0829-9

Ⅰ. ①程…　Ⅱ. ①曹…　Ⅲ. ①章回小说—中国—清代　Ⅳ. ①I242. 4

中国版本图书馆 CIP 数据核字（2013）第 125811 号

ISBN 978-7-5149-0829-9

9 787514 908299 >

紅樓夢程乙本

四函二十四册

作者　清・曹雪芹著
出版發行　中國書店
地址　北京市西城區琉璃廠東街一一五號
郵編　一〇〇〇五〇
印刷　金壇市古籍印刷廠
版次　二〇一三年十月第一版第一次印刷
書號　ISBN 978-7-5149-0829-9
定價　五八〇〇元